특수청소부

특수청소부인

나카야마 시치리 연작소설

문지원 옮김

블루홀6

END CLEANER

차례

일러두기

본문의 각주는 전부 독자의 이해를 돕기 위한 옮긴이 주입니다.

1

기도와 저주

1

마가키 총리, 예산위원회 돌연 불참. 지병 재발인가

'이 도시에 게이바는 필요 없습니다!' 일본근엄당 당원 신주쿠 가부키초 시위행진

한 다리의 비너스 이치노세 사라, 패럴림픽 2백 미터 국가대표 확정

연간 교통사고 사망자, 작년 대비 20퍼센트 증가

오늘도 인터넷 뉴스는 자극적인 제목으로 넘쳐났다. 그러나 회사 일에 도움이 되는 고독사 소식은 눈에 띄지 않았다.

뉴스 사이트들을 하나하나 검색하는데 눈앞에 있던 유

선전화가 울렸다.

"네, '엔드 클리너'입니다."

─저기, 집 청소를 부탁하고 싶은데요.

'아아, 또인가.'

전화를 받은 아키히로 가스미는 생각했다. 민망한 듯, 그렇지만 자신의 책임이 아니라고 말하고 싶은 듯 모호한 말투. 엔드 클리너에 일을 의뢰하는 고객은 대부분 이런 식이다.

"집 크기는 어느 정도 되나요?"

─세 평짜리 원룸입니다. 저기, 그 정도 크기면 비용은 얼마 정도 될까요?

"현장 상황에 따라 늘어날 수도 줄어들 수도 있습니다. 집 바닥은 다다미인가요?"

─마룻바닥입니다.

"바닥 청소는 3만 엔부터고요, 바닥재를 교체하면 추가 비용이 발생합니다. 탈취와 소독은 1만 엔부터인데 우선 저희가 현장을 보고 견적을 내는 것을 추천해 드립니다."

─마루 청소와 소독만 한다면 4만 엔 들겠네요.

"아뇨, 그건 실내 오염 정도가 극히 미미하고 오염된 부분만 처리하면 되는 경우입니다."

—……그럼, 아무튼 한번 보러 와 주세요. 저는 나리토미 아키코라고 합니다.

가스미는 의뢰받은 집 주소와 의뢰인 연락처를 재빨리 메모하며 화이트보드 일정표에 곧바로 해야 할 일을 적었다.

"의뢰야?"

엔드 클리너 대표 이오키베 와타루가 물었다.

"어떻게든 4만 엔에 해결하고 싶어 하는 말투던데요."

"으음, 실제로 최저요금으로 해결되는 경우는 흔치 않은데 말이야. 그래서 집은 어디야?"

"오타구에 있는 이케가미요."

"그럼 가 볼까."

"견적만 내는 거라면 저 혼자 가도 충분해요."

"집에 뭐가 굴러다니는지 어떻게 알겠어. 어쩌면 가스미 씨가 감당할 수 없는 것이 있을지도 모른다고."

"저도 웬만큼 더러운 것들은 많이 처리해 봤거든요."

"아직 시신 자체를 정리해 본 적은 없잖아."

이오키베의 말대로 그런 경험은 없기에 가스미는 입을 다물었다.

"나는 지금까지 그런 일을 세 번 겪어 봤어. 경험자가 곁에 있으면 만일의 상황에도 난감하지 않을 거야."

이오키베는 가스미의 의견은 필요치 않다는 어조로 코르크 보드에 걸려 있던 회사 차 키를 가져갔다. 한번 말을 꺼내면 다른 사람의 말은 듣지 않는 사람이다. 가스미는 마지못해 이오키베의 뒤를 따랐다.

작년 말, 가스미가 근무하던 사무기기 제조업체가 도산했다. 사장이 폐업을 통보한 시점이 회사가 문을 닫기 전날이었으니 가혹한 이야기였다. 엎친 데 덮친 격으로 퇴직금도 전액 받지 못했다. 수령한 퇴직금은 한 달 치 집세밖에 되지 않았다. 회사를 망하게 한 사장에게 하고 싶은 말은 태산같이 많았지만 그보다 더 중요한 일들이 있었다.

급히 구직 활동을 시작했지만 중도 채용 공고는 적었고, 있더라도 대부분 자격이 필요했다. 서류 심사에서 문전박대를 당한 곳이 세 군데, 겨우겨우 면접까지 갔지만 맥없이 탈락한 곳이 두 군데. 여섯 번째로 문을 두드린 회사가 이오키베가 대표인 '엔드 클리너'였다. 구인 정보 업종란에는 '청소업'이라고만 적혀 있었는데 기본급을 비롯한 각종 수당이 놀랄 정도로 높았다. 악덕 기업 냄새가 물씬 풍겼지만 높은 급여의 유혹에 못 이겨 이력서만이라도 넣어보기로 했다.

특수청소부

면접 자리에 나타난 사람은 이오키베였다. 작은 덩치에 호감이 가는 인상이었는데 회사 대표라기보다 마음씨 좋은 이웃처럼 느껴졌다.

"아키히로 가스미 씨 맞죠? 오호, 성이 아키히로라니 이름 같네요."

"친가가 가고시마인데 그 지역에는 흔한 성이라고 들었습니다."

"으음 저기, 우리 회사 하는 일이 청소업이기는 한데, '특수청소'라는 업종이거든요. 혹시 들어 본 적 있어요?"

처음 듣는 업종이어서 설명을 들었다. 특수청소는 쓰레기 집이나 시신이 발견된 집 등 사건 사고가 발생한 집을 청소하는 일을 가리킨다. 최근 고독사가 증가하면서 수요가 늘어 성장 산업으로 인기를 끌 정도라고 한다. '엔드 클리너'는 집 청소뿐 아니라 공양, 유품 정리, 가구 매입, 리노베이션, 집 매입까지 의뢰를 받는다.

비좁은 사무실을 보면 이곳이 과연 성장 산업을 담당하는 회사일까 의심스럽지만 사무실 구석에 놓인 관엽식물을 보고 생각을 고쳤다.

관엽식물은 시들다 못해 먼지가 엷게 쌓여 있었다. 손님이 드나들지도 모르는 사무실의 장식품으로 바람직한 상태는 아니지만 사무직으로 오래 근무한 가스미는 안다. 관엽식물 관리에 소홀한 이유는 직원들이 게을러서가 아니다. 장식품이나 비품에는 미처 신경 쓰지 못할 정도로 바쁘기 때문이다.

"기본적으로 청소 일이라서 자격을 따지지 않아요. 익숙해지면 필요한 자격도 있긴 하지만. 신입사원에게 필요한 점은 신중함과 둔감함."

"신중함과 둔감함은 정반대 의미 같은데요."

"그 점은 일하다 보면 대충 알게 돼요. 그래서 가스미 씨는 둔감함에 자신 있어요?"

얼마나 둔감하냐는 질문은 난생 처음 듣지만 아니라고 대답할 수 없는 상황이었다. 가스미는 자신 있게 대답했다.

"둔감하기로 치면 누구에게도 지지 않습니다!"

그러자 이오키베가 돌연 웃음을 터뜨렸다.

"합격. 단 석 달은 수습 기간이에요."

특수청소의 주요 내용을 듣고 나서도 전혀 실감이 나지 않았다. 그래도 이오키베의 인품과 무엇보다 높은 급여에 등 떠밀리듯 '엔드 클리너'에 입사하기로 결정했다.

하지만 바로 다음 날부터 특수청소가 얼마나 고되고 특수한지 몸소 알게 됐다.

의뢰받은 집이 있는 오타구 이케가미 일대는 전철 역과 멀어서 역과 동네를 잇는 버스가 다닌다. 그래서 동네 전체가 조용한 분위기였다. 대형 쇼핑몰이 없는 대신 슈퍼마켓과 드럭스토어가 늘어서 있었다. 놀이기구가 갖추어진 공원도 있어서 생활하는 데 아무런 불편이 없어 보였다.

　"대형 상업시설이 없다는 게 무슨 의미인 줄 알아?"

　원 박스 카의 운전대를 잡은 이오키베가 물었다.

　"재개발이 늦어지고 있다는 뜻인가요?"

　"다른 지역에서 쇼핑객이 오지 않으니 동네를 돌아다니는 사람 대부분이 이곳 주민들이라는 뜻이야. 주변에 온통 아는 사람뿐이니 낮에도 밤에도 떠드는 놈들이 별로 없지."

　"그러면 좋은 거 아니에요?"

　"그야, 주민 대부분에게는 좋은 동네겠지. 그런데 개중에는 그런 점을 오히려 답답해하는 녀석들도 있어."

　나리토미 아키코가 현장에서 두 사람을 기다리고 있었다. 건물 이름은 '하이쓰 나리토미', 2층짜리 콘크리트 건물로 지은 지 20년은 지난 듯 보이는 아파트였다.

　"집주인인 나리토미입니다."

여전히 주뼛거리는 말투로 인사하며 이오키베와 가스미를 마치 평가하는 눈빛으로 쳐다봤다. 무례하다고 생각했지만 집주인이 특수청소를 의뢰할 정도면 예사롭지 않은 상황이리라. 당연히 호기심과 민망한 마음과 피해의식이 뒤섞였을 것이다.

"의뢰해 주셔서 감사합니다. '엔드 클리너'의 이오키베라고 합니다. 이쪽은 직원인 아키히로 가스미입니다."

이오키베는 이런 상황이 익숙한 듯 한 치도 흐트러지지 않은 영업용 미소를 지었다.

"어느 집입니까?"

아키코는 1층 왼쪽 끝에 있는 집을 가리켰다.

"105호예요. 이제 들어가도 된다고 하더라고요."

"출입 허가는 경찰에서 내줬죠?"

"그쪽 회사는 이런 집을 전문으로 맡는 업체죠? 그렇다면 굳이 설명 안 해도 대략적인 사정은 아시겠네요."

"네네, 그렇습니다. 하지만 집을 그냥 보기만 해서는 오염 상태를 충분히 파악할 수 없는 부분이 여기저기 있을 수 있습니다. 예를 들어 옷이 많은 사람이었는지 아닌지, 집에서 음식을 해 먹는 사람이었는지 외식을 선호하는 사람이었는지. 그리고 사인은 무엇이었는지. 각각의 요인에 따라 오염 방식이 상당히 다른 데다 겉으로 봐서는 좀처럼 눈에 보이지 않죠."

"그 차이로 견적 금액이 바뀌기도 하나요?"

"네, 많이 바뀝니다."

그러자 아키코는 주위를 둘러보고 나서 두 사람을 아파트 가까이에 있는 자신의 집으로 안내했다.

"105호에 세 들어 살던 사람은 세키구치 마리나 씨라는 여자예요. 애초에 아파트는 반려동물 금지고요. 나이는 삼십 대인데 입주 초기에는 외제차 판매회사에서 일한 것 같아요."

"초기에는요? 그럼 최근에는 아니란 말씀이군요."

"예전에는 정해진 요일에 쓰레기를 내놨거든요. 그런데 이 년쯤 전부터는 밖에 잘 나오지도 않고 쓰레기도 내놓지 않더라고요. 어쩌다 밖에 나온 걸 봐도 평일 낮 시간대뿐이라 근무 시간이 바뀌었나 보다 했죠."

"집에 찾아오는 사람은 없었습니까? 가족이나 친구나."

"글쎄요, 남들은 어떤지 몰라도 저는 못 봤네요."

평범한 질문 같지만 모두 의도가 있었다. 이직이나 퇴직은 생활시간 변화와 직결되므로 자연스럽게 생활 쓰레기 양도 달라진다. 외출이 적으면 적을수록 쓰레기는 쌓이고 손님이 없으면 쓰레기장 같은 생활은 개선되기 어려웠다.

그리고 앞선 세 가지 사항은 더욱 심각한 상황을 야기했다.

"그래서 어떤 상태로 발견됐습니까?"

"자세한 건 못 들었는데 저기, 검시라고 하나요? 검시 결과 사건성은 없다고 판단했다는 것 같아요."

"자살, 입니까?"

"자연사라고 하더라고요."

아키코는 다소 부자연스럽게 들릴 정도로 강조했다. 그럴 만도 했다. 국토교통성에서 정한 사망 고지 의무에 관한 방침에 따르면 사건 사고가 발생한 집의 고지 의무 기간은 대략 3년이다. 고지 후에는 고독사는 10퍼센트, 자살은 30퍼센트, 타살은 50퍼센트나 거래 가격이 하락한다. 집주인인 아키코가 자연사, 즉 고독사에 집착하는 것은 당연했다.

"아키코 씨, 경찰이 철수한 뒤 집에 들어가셨습니까?"

"딱 한 번요. 하지만 악취가 너무 심하고 눈이 따가워서 곧바로 문을 닫아 버렸어요."

코가 아니라 눈이 따가웠다. 의도한 말인지 무의식중에 나온 말인지 모르지만 아키코의 표현은 적확했다. 시신이

오래 방치된 방은 그만큼 자극적인 냄새가 진동하기 때문이다.

"환기는요?"

"그 냄새가 밖으로 나가면 이웃에게 피해가 가니까요. 집에 시신이 있었다는 소문이 퍼져도 안 되니 창문이든 문이든 다 닫아놨어요."

최악의 행동이라고 가스미는 생각했다. 그러나 이오키베는 여전히 영업용 미소를 유지하며 대화를 이어갔다.

"견적을 내기 위해 집 안을 둘러볼 텐데 말씀하신 내용으로 추측하면 4만 엔으로는 부족할 수도 있습니다. 그 점은 알아 두세요."

순간 겁에 질린 아키코에게 이오키베는 부드럽게 못을 박았다.

"한 사람이 살다 떠나간 흔적은 그리 쉽게 지울 수 없는 법이라서요."

얼추 설명을 마친 뒤 이오키베와 가스미는 차로 돌아가 방호복으로 갈아입었다. 방사능 제염 작업에 사용하는 타이벡 방호복인데 사정을 모르는 사람이 보면 유난을 떤다고 생각할 것이다. 그러나 결코 유난스러운 차림이 아니었다. 오래 방치된 음식물 쓰레기 속에는 어떤 세균이 숨어 있을지 예단하기 어렵다. 쓰레기에 꼬이는 파리나 쥐는 바이러스를 옮기는 매개체고 체액은 감염병의 온상이다. 경계해야 한다. 방호복을 입은 뒤 방독 마스크를 썼다. 준비 완료다.

"그런데 대표님. 경찰이 드나들었으니 체액이나 유해 물질은 제거된 것 아닌가요?"

"가스미 씨는 경찰에 환상을 품고 있구나. 지방이면 몰라도 경시청* 관할서는 어디나 사건이 산더미처럼 쌓여 있어. 일단 사건성이 없다고 판단하면 곧바로 손을 떼지. 관할서 창고에도 여유가 없으니 불필요한 물건은 가져가지 않아. 애초에 고인 자체가 성가신 존재라서 검시가 끝나면 곧바로 유족에게 돌려보낼 정도거든. 그런 사람들인데 친절하게 쓰레기를 치워주겠어?"

가스미는 경찰에 환상이 있다고 쳐도 이오키베는 경찰을 너무 냉소적으로 보는 것 아닌가. 언뜻 그런 생각이 들었지만 굳이 입 밖으로 꺼내지는 않았다.

"자, 갈까."

이오키베는 소독액이 담긴 캔 스프레이를 한 손에 들고

* 일본 도쿄도를 관할하는 경찰 본부.

문제의 105호로 향했다. 가스미는 침을 꿀꺽 삼키며 그의 뒤를 따랐다.

집 문 앞에 선 찰나, 가스미는 희미하게 풍겨오는 불온한 분위기를 느꼈다. 입사 당시에는 전혀 느끼지 못했지만 특수청소를 여러 번 하다 보니 이제는 집이 내뿜는 독특한 공기를 감지할 수 있었다.

105호 현관문 너머로 그곳에서 살던 사람의 원통한 마음이 감돌았다. 이것만은 도무지 설명할 길이 없지만 어쨌든 다가가서는 안 된다는 경보가 머릿속 한구석에서 울렸다.

이오키베는 빌린 열쇠로 문을 연 뒤 "실례하겠습니다"라고 말하고 안으로 들어갔다.

그 순간 검은 안개가 두 사람을 덮쳤다. 이제는 익숙해져서 새삼 놀라지 않는 이 안개의 정체는 쓰레기에 꼬여 있던 파리떼였다. 안개로 착각할 정도니 열 마리나 백 마리 수준이 아니었다. 처음에는 그 수와 달려드는 기세에 기겁했지만 이제는 얼른 집에서 나가 달라는 생각만 들었다.

오히려 집 안 곳곳에 산더미같이 쌓여 있는 쓰레기봉투가 더 지긋지긋했다.

"예상대로네."

이오키베는 혼잣말처럼 중얼거리고 쓰레기봉투 더미의 꼭대기를 올려다봤다. 경찰이 시신을 밖으로 옮긴 덕분에 성인 한 명이 간신히 지나갈 수 있을 정도의 길이 생겼다. 이오키베를 따라 들어가니 양쪽에 쌓인 쓰레기봉투 더미의 벽에 끼인 꼴이었다. 여유가 있는 공간은 천장 부근 정도였는데 그곳은 파리떼가 날아다니는 공간이었다. 아마 봉투 속 음식물 쓰레기가 발효된 탓이리라. 몇몇 쓰레기봉투는 터져서 내용물이 내장처럼 쏟아져 나온 상태였다.

노출된 음식물 쓰레기는 파리의 보금자리다. 겉이 새하얗게 보일 정도로 구더기가 우글우글 끓었다. 유심히 봤다가는 비명이 나올 것 같아서 가스미는 못 본 체했다. 마루 위에 재처럼 흩뿌려져 있는 검은 알갱이는 파리의 똥이었다. 여기에도 각종 세균이 숨어 있는 데다 악취의 근원이 되기 때문에 겨우 파리의 배설물이라며 얕볼 수 없었다. 파리떼의 식량이 음식물 쓰레기만이라면 아직 양호하다. 문제는 이렇게 사람이 죽은 채 방치된 집에서는 파리가 시신을 먹는 경우가 많다는 점이었다. 그리고 인간을 먹은 파리의 똥 냄새는 악취라기보다 자극적인 냄새에 가까웠다.

이윽고 이오키베와 가스미는 집 한가운데에 다다랐다.

"이것도 예상대로군."

이오키베가 내려다본 바닥에는 사람 형태로 검은 얼룩이 져 있었다. 얼룩에는 통통하게 살이 오른 수많은 구더기가 서로 겹쳐 검은색과 유백색의 대비를 이뤘다. 마치 저속한 추상화 같아 보이기도 했다.

"죽은 지 한 달 반이군."

이오키베가 냉정하게 평했다. 시신에서 흘러나온 체액이 마루 밑까지 침투한 경우에는 바닥재뿐 아니라 동귀틀과 멍에까지 교체해야 할 수도 있다. 견적 단계에는 바닥을 뜯어낼 수 없으니 겉으로 보이는 오염 정도로 가늠할 수밖에 없었다.

"좋아. 일단 철수할까."

이오키베의 말을 신호로 가스미는 쓰레기봉투 벽이 무너지지 않도록 조심하며 집을 나갔다.

원 박스 카로 돌아온 두 사람은 방호복을 벗어 소각용 상자에 넣었다. 한 번이라도 오염구역에 발을 들여놓은 방호복은 쓸모가 없다. 소독해도 오염을 완전히 제거할 수는 없어서 아깝지만 매번 일회용처럼 사용해야 한다.

이오키베는 아이스박스에서 차가운 이온 음료를 두 병

꺼내 한 병을 가스미에게 던져줬다.

"감사합니다."

"가스미 씨가 보기에는 견적이 얼마 정도 나올 것 같아?"

"체액 침투 정도에 따라 다르지만 바닥은 닦고 소독하는 것만으로는 안 되고 바닥재를 교체해야 할 것 같아요. 쓰레기봉투가 쌓여 있는 부분도 많든 적든 썩었을 수 있고요."

"그래, 그래."

"쓰레기를 전부 처리하는 데 최소 두 명. 빈집을 소독하고 탈취하는 데 적어도 10만 엔은 들 것 같습니다."

"합격이야. 아직 입사한 지 반년밖에 안 됐는데 제법인걸."

칭찬받아 우쭐한 기분으로 페트병 뚜껑을 열었다. 방호복을 꺼입어 땀범벅이 된 몸을 시원한 이온 음료로 식혔다.

"그래도 역시 입사 반년 차는 반년 차야. 여러모로 조금 부족해."

"……여러모로라니. 그런 말 말고 구체적으로 지적해 주세요."

"첫째, 아파트는 반려동물 금지라고 했는데 입주자는

집주인 몰래 동물을 키우고 있었을지 모르잖아. 작게는 도마뱀부터 크게는 강아지까지. 주인이 죽으면 십중팔구 실내에서 키우던 동물도 죽어. 시체는 썩고 주인만큼이나 오염과 병원균 덩어리가 되지. 둘째, 입주자는 삼십 대 여성으로 예전에는 정해진 시간에 출퇴근하는 직장인이었어. 직장인이라면 당연히 출근복 말고 평상복도 몇 벌 있을 거야. 이 집은 원룸이니 옷방이 쓰레기봉투 뒤 어딘가에 숨겨져 있겠지. 생활공간에 쓰레기봉투를 놓아두는 인간이 옷방 안을 깔끔하게 정리했을 가능성은 작아. 집과 비슷한 꼴이거나 아니면 그 이상으로 처참한 상태이리라 각오하는 편이 좋아. 결론. 견적 금액은 최소 20만 엔은 추산해야 할 거야."

"20만 엔, 이요?"

이오키베의 견적액을 들은 아키코는 못마땅한 표정을 지었지만 결국 거절하지는 못했다.

"처음 제시한 금액의 다섯 배잖아요."

"그럴 만한 이유가 있습니다."

설명을 이어가자 아키코의 표정이 점점 떨떠름해졌다. 마지못해 수긍한 것이다.

"인터넷에 검색해서 동종 업계 다른 회사에 견적을 받으셔도 되지만 저희가 가장 저렴한 가격일 겁니다."

"그건 알아요. '엔드 클리너'는 견적을 의뢰한 네 번째 회사니까요."

"호오, 그렇습니까?"

이오키베는 천연하게 웃었지만 옆에서 듣던 가스미는 혀를 차고 싶었다. 견적 비교 자체는 문제 될 일 없다. 하지만 처음 의뢰할 때 4만 엔 운운한 것은 가성비를 따지려던 의도가 아니라 그저 날로 먹으려던 심산 아닌가.

"최소 20만 엔이라는 말씀이죠? 최대 금액은 얼마인가요?"

"40만 엔까지 생각하시면 됩니다."

"근거는요?"

"과거 처리한 사례 중 집 구조가 같은 건이 몇 건 있는데 그중 가장 비용이 많이 들었던 금액입니다. 아울러 예상치 못한 문제가 생겨 40만 엔이 넘을 것 같으면 다시 상의드리겠습니다."

"'사람이 살다 떠나간 흔적은 그리 쉽게 지울 수 없는 법이다'라고 하셨죠."

아키코는 잠시 생각에 잠겼다가 이내 고개를 끄덕였다.

"알겠습니다. 빨리 시작해 주세요."

"그럼 내일부터 시작하겠습니다."

"가능하면 오늘 당장 부탁드려요."

적극적으로 돌변한 태도에 이오키베는 넌지시 물었다.

"혹시 괜찮으시면 서두르시는 이유를 알 수 있을까요?"

"댁들과는 상관없잖아요."

"급박한 사정이 있으시면 다른 의뢰보다 먼저 처리해 드릴 수도 있습니다."

"사정이고 뭐고 집주인으로서 당연히 한시라도 빨리 원상복구하고 싶죠. 뭐, 됐어요. 실은 아까 댁들이 견적을 내는 사이에 세입자 어머니와 연락이 닿아서요. 방 청소비는 그쪽에서 내기로 했어요."

견적 금액이 올라도 항의하지 않은 이유는 본인이 출혈을 감수하지 않아도 됐기 때문이었나 보다.

"따지고 보면 집을 원상 복구하는 건 세입자의 의무죠. 본인이 가 버렸으니 가족이 책임지는 건 당연한 일이에요."

"그럼 문제 발생 시 청구 금액은 유족에게 직접 이야기하는 편이 좋을 것 같군요."

"어머니는 세키구치 야요에라는 사람이에요."

아키코는 옆에 있던 메모지를 이오키베에게 내밀었다.

"금액 협상은 그쪽이랑 하세요. 나는 청소만 빨리 끝나면 되니까."

"그쪽과 견적 내용을 확인해야 합니다. 청소 준비도 본격적으로 해야 하니까 아무리 서둘러도 내일부터 시작할 수 있습니다. 양해 바랍니다."

이오키베는 웃고 있지만 완고했고 아키코는 이번에도 마지못해 받아들였다.

"아아, 그 어머니가 전해달라고 한 말이 있어요."

"저희에게 말입니까?"

"'딸이 잘 정돈된 깨끗한 방에서 잠자듯 세상을 떠난 것처럼' 꾸며달라고 하더군요. 집주인인 나로서도 이상한 소문이 돌면 곤란하니까 그 어머니의 요청에 동의해요."

"잘 알겠습니다."

아키코의 집을 나온 뒤 이오키베는 드디어 벗어났다는 듯 고개를 흔들었다.

"가스미 씨, 미안한데 지금 바로 이케가미 경찰서에 같이 갈 수 있어?"

"정보 수집이시죠?"

"세키구치 마리나 씨가 정말 자연사했는지. 자연사였

다면 사인은 무엇이었는지. 집주인에게 들은 증언을 하나하나 확인해야지."

"집주인의 말을 믿지 않으시는군요?"

"집주인에게는 집주인 나름의 선입견이 있으니까. 그 사람 같은 부류는 본인에게 유리한 이야기만 하거든. 그건 가스미 씨도 잘 알잖아."

가스미는 고개를 끄덕였다. 조금이라도 비용을 아끼려고 값을 깎는 사람. 집 오염은 자신의 관리 책임이 아니라고 우기는 사람. 피해의식에 사로잡혀 현장에 나온 청소업자에게 생트집을 잡는 사람. 근무한 지 아직 반년째지만 뻔뻔한 의뢰인을 여러 명 봤다.

"하자 밑에 또 다른 하자가 숨어 있는 경우가 흔하니 집을 여러 각도에서 봐야 해."

2

이케가미 경찰서의 담당 형사는 다무라 하루나였다.

"특수청소업체인 '엔드 클리너'이시라고요. 그 집 정리를 하시나 보네요."

다무라 형사는 동정 어린 눈빛으로 가스미를 바라봤다. 그 현장에 들어가 본 사람이라면 누구나 같은 생각이 들 터다.

"그 집에 들어가 보셨죠?"

"네. 견적을 내야 해서요."

"엄청났죠? 냄새 말이에요."

"아뇨, 처음부터 방독 마스크를 쓰고 방호복을 입고 들어가서 냄새를 직접 맡지는 않았어요."

"역시 전문 업자 분들이라 빈틈없네요. 저는 장비는 물론 아무런 마음의 준비도 못 하는 바람에 집에 들어가자마자 굉장히 충격 받았어요."

"그건 너무 위험한데요."

"부패한 시신과 접촉하면 감염 위험이 크다는 건 잘 알지만 방호복을 완전히 갖추고 작업하는 사람은 부검의 정도거든요."

다무라 형사는 자신의 짧은 단발머리를 손으로 빗었다.

"정말 냄새가 너무 심해서. 머리를 한 번 감은 걸로는 냄새가 잘 안 빠지더라고요. 잔향처럼 집에도 냄새가 뱄다니까요."

"시신이 부패한 냄새는 달리 어디에 비유할 수 없죠."

"맞아요, 맞아."

다무라 형사는 완전히 동의한다는 듯 고개를 끄덕였다. 여성의 사회진출이 여러 분야로 확대됐다고는 해도 시신 냄새가 익숙한 여자는 아직 드물다는 것을 실감했다.

시신 냄새가 얼마나 다루기 어려운지와 직장에 대한 불만을 서로 한바탕 토로하다 보니 오래 알고 지낸 사이처럼 느껴졌다. 기묘한 동질감이 싹텄다고 판단한 가스미는 정보 수집에 들어갔다.

"경찰에서 세키구치 마리나 씨의 죽음을 자연사라고 판단했다고 들었는데요."

"시신은 부패했지만 아직 원형이 남아 있고 몸에 외상 같은 것도 발견되지 않았어요. 독살이나 다른 사인도 고려했지만 현장에는 본인의 모발과 족적 외에 다른 사람의 것은 발견되지 않았거든요."

"사인은 뭐였어요?"

"감찰의무원*에서 부검한 결과 뇌경색이라고 했어요. 비정상적으로 큰 혈전이 혈관을 막았고 그것이 직접 사인

★ 범죄성이 없으며 검시해도 시신의 사인을 알 수 없을 때 시행하는 행정부검을 담당하는 곳.

일 거라고요. 뇌경색은 보통 동맥경화가 진행되면서 서서히 증상이 나타나는데 세키구치 마리나 씨는 심원성 뇌색전증이라고 전조도 없이 갑자기 발병한 사례 같아요."

"스스로 도움을 요청하지 못했을까요?"

"심원성 뇌색전증은 전신마비와 의식장애를 동반한다고 해요. 분명 휴대폰으로 손을 뻗을 시간조차 없었을 거예요."

"세키구치 마리나 씨는 아직 삼십 대였잖아요."

"정확히는 32세 4개월이었죠."

"뇌경색은 좀 더 연세가 있으신 분들이 앓는 병인 줄 알았어요."

"감찰의 말로는 나이보다는 생활 습관이 크게 영향을 미친다고 하더라고요. 예를 들어 흡연과 음주요. 정도가 지나치면 나이와 상관없이 혈전이 잘 생긴대요."

가스미는 비흡연자인 데다 술도 남이 권할 때 맞춰주는 수준이었다. 자신과는 거리가 먼 이야기 같다며 안심하는데 다무라 형사의 가차 없는 말이 이어졌다.

"그리고 생활 습관뿐 아니라 수분 부족에 의한 탈수증상도 자주 원인이 된대요. 아직 6월이지만 습도가 높은 날에는 땀을 많이 흘리잖아요. 흘린 땀만큼 수분을 보충하지 않으면 혈액의 점도가 높아져 혈류가 나빠지거든요. 감찰의는 세키구치 마리나 씨가 뇌경색을 일으킨 원인이 그것 때문 아닌가 의심했어요."

"근거가 있나요?"

"마리나 씨는 바닥에 엎드린 상태로 발견됐어요. 근처에 침대가 있었지만 거기까지 가기 전에 쓰러졌겠죠. 침대 근처에도 냉장고에도 물은 없었어요. 바닥에 놓인 페트병의 내용물은 본인의 배설물뿐이었고. 실내에는 에어컨도 있었지만 산더미 같은 쓰레기봉투 때문에 제 기능을 못 했죠. 마리나 씨가 사망한 시점이 4월 중순이라고 해도 외부 온도가 꽤 높은 날이 많았으니까. 에어컨이 효과가 없는 상태에서 집에 틀어박혀 있으면 당연히 수분이 부족해지죠."

수분이 부족하다면 근처 편의점으로 달려가 생수를 사거나 수도꼭지를 틀면 된다. 하지만 세키구치 마리나는 사정이 달랐다.

"외제차 판매회사를 그만둔 뒤 재취업을 아예 안 했나 봐요. 집 밖으로 나오지도 않았고 욕실에 처박혀 있던 빈 상자들을 보면 오로지 인터넷 쇼핑으로만 물건을 산 것 같아요. 통장 잔고도 상당히 적었어요. 가스미 씨도 그런 사레 잘 알잖아요."

"설령 현관문까지 움직일 수 있어도 집에 틀어박히는 생활이 몸에 익으면 외출하는 데도 용기가 필요하다고 들었어요."

"세키구치 마리나 씨가 바로 그런 유형이었겠죠. 마실 것이 떨어져도 편의점까지 갈 힘이 없었어요. 설거지를 안 해서 싱크대에 식기가 잔뜩 쌓여 있었고 애초에 쓰레기봉투가 길을 막아서 안으로 들어가기도 힘들었죠. 자는 동안에는 갈증을 잊을 수 있고 밤이 되면 습도와 실내 온도가 떨어지고. 내일은 집 밖으로 나가 장을 보자. 그렇게 다짐만 계속하는 사이 혈전이 혈관을 막고 결국 의식을 잃고 쓰러졌어요. 그런 죽음이었죠."

감정이 섞이지 않은 말투라서 숨을 거두던 순간의 고독한 느낌이 더욱 가슴에 와닿았다. 마리나가 가스미 또래라서 더욱 그랬다.

"마리나 씨는 반려동물을 키웠나요?"

"그런 흔적은 없었어요. 감식이 채취한 모발은 전부 마리나 씨의 것이었고요."

"수사할 때 집 안을 보셨나요?"

"일단 쓰레기봉투는 전부 집에서 꺼냈어요. 별다른 이

상을 발견하지 못해 원래대로 돌려놓았지만요."

"집 평면도를 봤어요. 북쪽에는 L자형 워크 인 클로젯, 그러니까 옷방이 있던데요."

"옷방도 조사했어요. 그런데 이상하게도 그 방에는 옷만 있었고 쓰레기봉투도 페트병도 없었어요. 아, 그래. 옷걸이에 걸린 옷 중에 남자 옷이 몇 벌 섞여 있었어요."

"반 동거라도 했을까요?"

"글쎄요. 하지만 아까도 말했듯 마리나 씨 말고 다른 모발이나 족적은 안 나왔으니 사귀는 사람이 있었다고 해도 쓰러지기 전에 이미 헤어지지 않았을까요?"

"마리나 씨의 휴대폰에 남자친구와 연락한 기록은 없었나요?"

"그래 보이는 기록은 완전히 삭제했는지 발견되지 않았어요. 헤어졌겠거니 판단한 이유도 그 때문이죠."

"그 휴대폰, 아직 경찰에서 보관하고 있나요?"

"오늘 아침 무렵에 어머니가 유품으로 받아 갔어요."

금시초문이었다. 하지만 그랬다면 오늘 집 청소 건으로 집주인 나리토미 아키코에게 연락한 시기와 맞아떨어졌다.

"어제 인수한 시신을 도쿄에서 화장했다고 들었어요. 하루 이틀 사이에 유품 정리를 끝낸다고 하더라고요."

유품 정리가 목적이라면 당연히 집 청소 전에 사망자가 살던 집을 찾아가야 한다. 어머니가 청소비를 부담하겠다고 한 까닭은 그 때문일지도 모른다.

다음 날, '엔드 클리너' 사무실에 손님이 방문했다.

"세키구치 마리나의 엄마 되는 사람입니다. 세키구치 야요에라고 합니다."

이오키베가 어제 마리나의 어머니에게 연락해서 오늘 방문하게 됐다. 사무실에 응접실이라는 훌륭한 공간이 없어서 빈 의자에 앉으시라 권할 수밖에 없었다.

세키구치 야요에는 키가 커서 사무실 의자가 몹시 불편해 보였다.

"마리나 때문에 신세를 지게 됐습니다."

"아뇨, 신세라니 당치도 않습니다. 저희는 그게 업이니 마음 쓰지 마세요."

이오키베는 변함없이 호감을 사는 수완을 발휘했다.

"집주인에게 말하기는 했는데 집 청소비용은 제가 부담할 예정입니다."

"견적 금액은 집주인께 들으셨습니까?"

"네. 제가 말씀드린 조건만 맞춰주시면 상관없습니다."

"따님이 '잘 정돈된 깨끗한 방에서 잠자듯 세상을 떠난 것처럼'이라고 하셨죠. 어머님은 경찰에게 마리나 씨가 사망하신 정황에 대해 들으셨습니까?"

"솔직히 당혹스러워요."

고개를 숙이고 있어서 야요에의 표정을 알 수 없었다.

"저는 미토*에 사는데 마리나는 고등학교를 졸업할 때까지 우리와 함께 살았어요."

"이번에 남편 분은 함께 오시지 않았군요."

"남편은 14년 전 마리나가 고등학교를 졸업한 해에 세상을 떠났습니다. 마리나가 도쿄에 있는 대학에 입학하면서 이후로는 미토에 있는 집에는 저 혼자 살아요."

"남편분 없이 혼자 힘으로 따님을 대학까지 졸업시켰다니 대단하시네요."

"학비는 남편 사망보험금으로 댈 수 있었죠. 마리나는 애지중지 키운 딸이라서 대학은 제대로 졸업시키고 싶었거든요. 사실 결혼하기 전까지 곁에 두고 싶었지만 졸업하자마자 도쿄에서 취직하는 바람에."

야요에는 후회막급한 어조로 말했다. 본가에서 살았다

---

* 이바라키현 미토시.

면 집도 쓰레기장이 되지 않고 뇌경색으로 갑자기 세상을 떠나지도 않았을 것이라고 말하고 싶으리라.

"정성껏 키운 만큼 마리나는 정말 성실하고 착한 딸로 자랐습니다. 방은 늘 깨끗이 정돈되어 있고 옷차림도 단정했죠. 딸이 위아래로 추리닝을 입은 모습은 본 적도 없어요. 입사한 회사에서 평판도 좋고 직장에서 대인관계도 좋다고 했죠. 그런데……."

야요에는 말을 한번 멈추고는 끓어오르는 감정을 참듯 입을 꾹 다물었다.

"……그런데 어느 틈에 회사를 그만두고 집에 틀어박혀 집을 쓰레기장으로 만들어 버리다니."

"고향 집에 갔을 때 그런 이야기는 전혀 없었습니까?"

"대학생 때는 아르바이트 때문에 바빠서 휴가를 낼 수 없다며 한 번도 집에 오지 않았어요. 직장인이 된 뒤에도 섣달그믐날과 설날 그 이틀만 머물고 가서 서로 얼굴 보고 이야기할 기회가 없었죠."

"경찰 말로는 사귀는 남성이 있던 것 같다던데요."

"누굴 사귄다는 이야기는 한 번도 못 들었는데요. 그게 정말인가요?"

"글쎄요, 저희도 경찰에게 들은 이야기라서."

특수청소부

"그런 상대가 있다면 엄마에게 바로 이야기하라고 가르
쳤어요. 분명 뭔가 잘못 아셨을 겁니다. 네, 분명히요."

이상한데.

가스미는 대화 도중 위화감을 느꼈다. 그러나 위화감의
정체가 무엇일까 생각해도 알 수 없었다.

이오키베를 살피니 별다른 의문이 들지 않는지 상냥한
미소를 띤 채 대화를 이어가고 있었다.

"야요에 씨는 따님을 믿으셨군요."

"그야 당연하죠. 마리나에 관해서라면 뭐든지 알아요.
딸도 제게는 무엇이든 의논했거든요."

"정말 사이가 좋으셨군요."

"네. 우리는 친구 같은 모녀라는 말을 들을 정도로 친했
어요."

야요에의 목소리가 갑자기 부드러워졌다.

"남편이 하던 일은 출장이 잦아서 딸이 유치원에 다닐
무렵부터 집에는 딸과 저 둘뿐이었어요. 아빠가 있어도
반쯤 편모가정 같았죠. 그래서 정서교육, 몸가짐, 생활 태
도를 하나부터 열까지 제가 직접 가르쳤습니다."

"아버지 역할까지 하셨군요. 고생하셨겠습니다."

"외동딸이었으니까요. 그래도 고생한 보람은 있었어

요. 마리나는 어려서부터 모범생이었거든요. 학업도 나무랄 데 없었고 학생회장에도 여러 번 뽑혔을 정도예요."

"그것참 대단하네요."

"딱히 제가 강요한 게 아니라 마리나가 스스로 알아서 했어요. 그게 또 참 기뻤는데."

어머니가 사람들 앞에서 자식을 칭찬하는 일은 많지 않다. 하지만 야요에는 마리나를 극구 칭찬하면서 한 점 부끄러움도 없어 보였다. 보통 딸이 세상을 떠나면 아름다운 추억만 가슴에 사무칠까.

"늘 함께했어요. 입학식과 졸업식, 인생의 중요한 시점마다 언제나 제가 함께했고 함께 기뻐했죠. 그래서 홀로 죽어간 마리나가 안쓰럽고 가여워요."

"방을 꼼꼼하게 치우고 깨끗이 정리하는 건 별로 어렵지 않은 일입니다. 집주인만 비밀로 해준다면 문제없을 겁니다."

"집주인은 딸이 병으로 죽은 사실 말고는 일절 입 밖에 내지 않을 거랍니다."

당연하다고 생각했다. 가뜩이나 세입자가 고독사하면 집값이 10퍼센트 떨어진다. 그보다 더 나쁜 인상을 심을 만한 짓을 할 리 없었다.

"저희는 집 청소뿐 아니라 공양과 유품 정리도 도와 드립니다. 옷방에 마리나 씨의 의류가 남아 있는 것 같더군요. 청소하다 보면 옷 외에 다른 유품도 나올 겁니다. 가져가실 예정이죠?"

"아뇨, 괜찮습니다."

야요에는 처음으로 고개를 들었다. 가스미는 야요에를 새삼 관찰했다.

실례라는 것은 알지만 촌스러운 여자라고 생각했다. 화장이 촌스러운 탓에 입은 옷까지 촌스러워 보였다. 키가 커서 더욱 그러했다. 옷깃에 단 브로치도 너무 수수해서 그야말로 액세서리 기능을 못 했다.

"유골이 있습니다. 이보다 더 소중한 유품은 없을 거예요."

"그건 그렇지만 추억이 담긴 물건이 집에 남아 있으면 어쩌시려고요."

"추억이 담긴 물건이라면 본가에 가득해요. 옷방에 있는 물건은 딸이 여기서 산 것들이잖아요. 저는 필요 없습니다. 죄송하지만 업체에서 처리해 주세요."

"알겠습니다."

"그럼 오늘 바로 시작해 주세요."

전해야 할 사항은 모두 전했다는 듯 야요에는 자리에서 일어났다. 그리고 고개를 한 번 숙이고는 곧바로 사무실을 떠났다.

"으음."

야요에의 뒷모습을 보면서 이오키베는 작게 신음했다.

"가스미 씨. 어떻게 생각해?"

"어머니 반응이요? 아직 품 안의 자식을 놓지 못한 듯 보였어요. 친구 같은 모녀라고 할 정도로 사이가 좋았다고 했는데 달리 말하면 그만큼 의존적이었다는 뜻이죠."

"그런가."

"대표님의 의견은 다른가요?"

"의존적이었다면 보통 딸의 유품은 모조리 인수하고 싶다고 말하지 않았을까?"

"그러니까 바로 그거예요. 마리나 씨 본인이 죽었으니 의존할 필요도 없어진 거죠."

"그런 걸까."

이오키베는 여전히 무언가 말하고 싶은 듯 머리를 긁적였다.

"나는 그 엄마가 도무지 이해 안 돼. 석연치 않은 구석이 많아."

"어디가 석연치 않다는 말씀이세요?"

그러나 이오키베는 제대로 대답하지 않고 사무실을 나
갔다.

3

"오늘도 둘이서 작업해요?"

가스미가 조수석에서 투덜대자 운전대를 잡은 이오키
베가 미안한 표정을 지었다.

"미안. 시라이 씨는 다른 집 건으로 고군분투하고 있어
서. 나중에 2톤 트럭을 몰고 합류할 거야."

현재 '엔드 클리너'는 대표인 이오키베까지 총 세 명이
꾸려가고 있다. 면접 때 설명을 듣기는 했지만 특수청소
일이 얼마나 수요가 있을까 싶었는데 막상 근무를 시작하
고 보니 자신의 생각이 틀렸다는 사실을 인정할 수밖에 없
었다. 사흘에 한 번은 집 청소 건으로 출동했고 일이 몰릴
때는 이틀 연달아 출동하기도 했다.

"또 사람을 뽑아야 하나."

"솔직히 인력이 달리기는 하잖아요. 회사 수익을 생각

해도 앞으로 직원 두 명은 더 늘어도 될 것 같아요."

"지금 상황은 그렇긴 하지. 하지만 사건 사고가 나는 집이 정기적으로 생기는 건 아니니까. 한번 채용한 직원을 일감이 줄었다고 해고하기 싫거든."

"하지만 그런 집이 해마다 계속 늘잖아요."

"그래서 그렇게 수요가 는다고 사업 규모를 확장하다가 결국 계속 적자 나서 폐업한 선례들을 내가 얼마나 많이 봤게?"

가스미는 문득 이오키베의 과거가 거의 알려지지 않았다는 사실이 떠올랐다. 면접 전에 회사 정보를 훑어봐서 기억한다. '엔드 클리너'는 5년 전에 설립되었고 이오키베는 아무리 젊게 봐도 사십 대이므로 그에게 이곳이 첫 직장일 리 없었다.

"그리고 말이야, 나는 이 일이 자랑스럽지만 한편으로는 돈을 너무 잘 버는 것도 어떤가 싶어."

"돈을 많이 벌면 좋은 것 아닌가요?"

"우리 일은 변호사처럼 남의 불행으로 먹고사는 경향이 있는 직업이잖아. 고독사는 물론이고 쓰레기 집도 불행한 이야기니까. 변호사나 우리 같은 일을 하는 사람이 돈을 많이 번다고 결코 좋아하기만 할 수는 없는 노릇이야."

"하지만 반사회적인 일이 아니라면 수요가 있는 일은 전부 사회적인 의의가 있다고 생각해요."

"사회적인 의의라."

이오키베는 가스미의 말을 곱씹듯 중얼거렸다.

"그렇다면 적어도 고인이 미련이 남지 않도록 일해야겠군. 타인의 불행으로 밥 벌어먹고 산다면 적어도 몇 명은 불행에서 구해줘야 도리에 맞지."

"의뢰인의 기대에 부응하기 위해서가 아니라요?"

"의뢰인은 가끔 거짓말을 하거든. 사람은 살아 있는 한 언젠가는 거짓말을 하게 되어 있어. 설령 그것이 선의의 거짓말이라 할지라도. 하지만 죽은 사람은 거짓말을 할 방법이 없어. 소원도 다들 비슷하지."

"다들 뭘 원하는데요?"

"내 마음을 헤아려 줘, 라고 나는 생각해."

두 사람을 태운 원 박스 카는 다시 '하이쓰 나리토미'에 도착했다. 집주인 아키코에게 진작 열쇠를 받아 내부 상태도 파악했다. 이제 이오키베와 사전에 협의한 순서에 따라 일을 진행하면 된다.

두 사람은 타이벡 방호복을 입고 방독 마스크를 쓴 뒤 아이스박스에 이온 음료를 여러 병 준비했다. 현재 기온은 27도, 밀폐된 실내 온도는 분명 40도를 훌쩍 넘을 터다. 10분 간격으로 집 밖으로 나가 수분을 보충해야 한다. 자칫하면 열사병에 걸려 사람 잡을 수도 있다.

　견적을 낼 때 내부 상황을 확인했으니 이번 방호는 레벨 C로 갖췄다. 레벨은 소방청이 발행한 '화학 재해 또는 생물재해 시 소방기관이 실시하는 활동 매뉴얼'에서 규정하는 방호조치 등급이다.

　・레벨 A: 전신 화학 방호복을 착용하고 자급식 공기호흡기로 호흡을 보호할 수 있는 조치
　・레벨 B: 화학 방호복을 착용하고 자급식 공기호흡기 또는 산소호흡기로 호흡을 보호할 수 있는 조치
　・레벨 C: 화학 방호복을 착용하고 자급식 공기호흡기, 산소호흡기 또는 방독 마스크로 호흡을 보호할 수 있는 조치
　・레벨 D: 화학 무기, 생물 무기로부터 보호하는 옷을 착용하지 않고 소방 활동을 실시하는 필요 최소한의 조치

　레벨 C의 필수 장비는 화학 방호복(부유 분진 및 미스트 방호용 밀폐복), 화학물질 대응 장갑(아우터*), 장화, 자급식 공기호흡기, 산소호흡기 또는 방독 마스크, 안전모다. 상

당 수준 무장한 상태로 방사능 오염구역 제염작업 등에 적용되는 등급이다. 고작 집 청소 제염작업의 경계 수준으로는 거창하다고 생각하는 사람도 있겠지만 현장에 직접 들어가는 가스미와 일행으로서는 당연한 대비였다.

"가자!"

경쾌한 구호와 함께 이오키베가 문을 열었다.

어제와 마찬가지로 파리떼가 검은 안개처럼 날아들었다. 이오키베와 가스미는 즉시 살충제를 사방팔방에 뿌리며 파리떼를 쫓아냈다. 아무리 방호복을 입었어도 눈앞에서 윙윙 날아다니면 정신이 산란해져 방해되고 작업 중에 똥을 배설하면 새 병원체가 늘기 때문이었다.

집에 살충제를 뿌리자 비로소 여기저기 날아다니던 파리들이 잠잠해졌다.

"자, 운반 시작."

조심성 없이 쓰레기봉투를 찢트려 내용물이라도 쏟아지면 본전도 못 건지기 때문에 번거롭지만 하나씩 들어 밖으로 날랐다. 일단 아파트 단지에 한데 모아놓고 봉투마다 탈취제를 뿌렸다.

★ 장갑 전면에 수지를 코팅한 장갑.

오늘은 쓰레기 수거일이 아니라서 이 쓰레기봉투들은 나중에 합류하는 트럭에 실어 처리장까지 운반할 예정이었다. 도쿄 23구 내에는 쓰레기를 받아주는 처리장이 열두 곳이나 있어 매우 도움이 됐다.

쓰레기봉투를 내놓자 슬슬 노란 내용물이 든 페트병이 모습을 드러냈다. 이전에 설명 들었던 세입자의 배설물이었다. 페트병에 배설한 시점에서 화장실이 어떤 상태일지 대략 짐작이 갔다. 변기가 막혀 사용할 수 없는 상태이리라.

둘이 나누어 차례차례 쓰레기봉투를 옮겼다. 중간중간 쉬어가며 일하고, 또 집 안의 쓰레기 더미가 무너지지 않도록 신중하게 움직였기 때문에 아무래도 오래 걸렸다. 애초에 운반해야 할 쓰레기양이 터무니없이 많았다.

"이 정도면 옮기는 데만 두 시간은 걸리겠군."

"원룸을 가득 채운 쓰레기니까요. 바닥에 늘어놓으면 여기 아파트 단지 안에 다 놓을 수 있을지도 의문이에요."

쓰레기봉투는 층층이 쌓여 있어서 가장 밑에 깔린 쓰레기봉투는 압력을 못 이겨 찌부러져 있었다. 하지만 밖으로 내오면 복원력 때문에 다시 부풀어 올랐다. 봉투가 반투명해서 내용물을 어렴풋이 알 수 있었다.

"음식물 쓰레기가 반, 재활용 쓰레기가 반인가."

늘어선 쓰레기봉투 행렬을 바라보며 이오키베가 중얼 거렸다.

"소변은 페트병, '큰 거'는 편의점 도시락 용기나 다른 곳에 담아 쓰레기봉투에 아무렇게나 집어넣었겠지."

휴식 시간이 되자 가스미는 방독 마스크를 벗고 방호복 상체 부분만 열었다. 땀이 금세 폭포처럼 쏟아졌지만 바깥 공기에 열이 식었다.

햇빛 아래 드러난 소변이 담긴 페트병은 빛을 받아 반짝거려 어떠한 오브제 작품 같아 보이기도 했다. 다만 뚜껑을 여는 순간 악취와 병원균이 온 사방에 퍼지는 무시무시한 물건이었다.

"이 일을 하기 전까지만 해도 페트병에 소변을 보는 사람은 남자뿐이라고 생각했어요."

"쓰레기 집에 틀어박혔다는 건 일종의 극한 상태에 처했다는 뜻이니까. 극한 상태에 놓이면 남자 여자 가릴 것 없지. 뭐, 죽으면 차이는 조금 나겠지만."

"네? 죽으면 무슨 차이가 나는데요?"

"이건 직접 체험하는 게 가장 좋은데, 부패했을 때 남자가 더 고약한 냄새가 나. 아마 피하지방이 적고 장이 짧은 것 때문일 것 같은데."

"……그런 소리를 들어도 여자로서 그다지 우월감이 느껴지지 않네요."

"자랑할 만한 이야기가 아니니까. 죽은 당사자도 그런 걸로 자랑스러워하고 싶지 않을 테고."

"계속 신경 쓰이는 점이 있는데요."

"뭔데?"

"마리나 씨가 어째서 일을 그만뒀는지, 왜 집에 틀어박혔는지요."

"그런 건 각자 사정이 있는 법이잖아."

"그렇게 생각하긴 하지만요."

가스미는 말끝을 흐렸다. 회사를 그만두지 않고 계속 일했다면 마리나에게 또 다른 미래가 있었을 것이다. 도대체 어디서 잘못된 선택을 하고 말았을까.

고인에 대해 망상해 봤자 소용없는 일이라는 것을 충분히 잘 알지만 마리나가 자신과 동년배라서 남의 일 같지 않았다. 게다가 그녀가 살다 죽어간 장소에서 청소 작업을 하다 보니 집에 남아 있는 마리나의 사념이 머릿속에 침투하는 듯한 착각이 드는 순간도 있었다.

"가스미 씨는 참 다정해."

"제가요? 딱히 그렇지도 않은데."

"집에 살던 사람과 나이가 비슷하니 남의 일 같지 않지? 감수성이 풍부하면 감정 이입될 만도 해."

"아까 대표님도 고인이 본인의 심정을 헤아려 주기를 바랄 것이라고 말씀하셨잖아요."

"아, 그랬지. 그게 망자 대부분의 소원이리라 생각하니까."

"그러면 감정 이입이 나쁜 건 아니죠?"

"별로 좋은 건 아니야. 그들의 마음을 헤아리는 것까지는 좋아. 하지만 필요 이상으로 이입해 영향을 받는 건 좋지 않지. 까딱 잘못하면 망자가 영혼을 가져가 버린다고."

"왠지 초자연적인 느낌이네요."

"내가 그렇게 신앙심이 강한 사람은 아니지만 망자에게 몰입하는 행동이 건전하지 않다는 것쯤은 알아. 동정하는 것은 좋지만 적당히 끝내."

휴식 시간이 끝나고 두 사람은 작업을 이어갔다. 집 안과 밖을 스무 번이나 왕복했더니 지금껏 쓰레기봉투 산맥에 숨겨져 있던 마룻바닥이 점차 모습을 드러냈다.

서서히 바닥 전체가 드러나자 체액 때문에 검게 변한 얼룩이 한층 두드러졌다. 얼룩 위에는 여전히 무수히 많은 구더기가 유백색 몸을 꿈틀거리며 기어 다녔다.

체액으로 생긴 흔적뿐만이 아니었다. 바닥에는 음료인
지 뭔지 정체를 알 수 없는 액체가 굳어서 얼룩져 있었다.
마루 틈은 오물이 스며든 것처럼 선이 생겼는데 이는 평범
한 얼룩이 아니라 파리 번데기가 일렬로 빽빽이 늘어선 모
습이었다.

두 사람은 살충제를 빈틈없이 뿌린 뒤 금속 헤라*를 꺼
내 틈새를 빼곡히 메운 파리 번데기를 꼼꼼하게 찌부러뜨
렸다. 파리는 죽은 자식들에게 미련이 남았는지 들러붙었
지만 이 역시 스프레이를 뿌려 물리쳤다.

살충제를 얼추 뿌리고 나자 바닥은 사체로 가득했다.
개중에는 바퀴벌레나 지네, 그밖에 이름 모를 벌레도 섞여
있었다. 하나하나 관찰하다 보니 구역질이 나서 가스미는
그것들을 그저 쓰레기로만 취급하며 한곳에 쓸어모았다.
가져온 쓰레기봉투에 담아 집을 나서자 2톤 트럭이 단지
구석에 주차되어 있었다.

"수고하십니다."

또 다른 직원인 시라이 히로시가 운전석에서 모습을 드

---

* 바닥 등에 붙은 것을 긁어낼 때 사용하는 청소도구.

러냈다. 1년 먼저 입사해서인지 가스미보다 나이는 어리지만 오물에 내성이 생긴 듯했다.

"쓰레기봉투는 이게 다예요?"

"아직 80퍼센트쯤이에요."

"한 번에 못 옮기겠는데요?"

"대표님도 그러셨어요."

"이런 이런."

가스미의 분위기를 보더니 그녀와 이오키베가 도와주지 않으리라 짐작한 모양이다. 시라이도 방호복으로 갈아입고 쓰레기봉투를 하나씩 트럭 짐칸에 실었다.

이런 장마철에는 아무리 탈취제를 뿌려도 음식물 쓰레기가 빨리 썩는다. 신속히 치우지 않으면 금세 악취를 풍기게 된다. 쓰레기봉투를 밀봉해도 새어 나갈 냄새는 새어 나간다.

가스미는 시라이가 봉투를 트럭에 싣는 데 집중한 모습을 흘긋 본 뒤 105호로 돌아갔다. 쓰레기봉투를 모두 철거해도 청소는 이제 겨우 절반을 마쳤을 뿐이다.

"시라이 씨가 트럭을 끌고 왔어요."

"그래, 소리 들었어."

이오키베는 옷방 앞에 서서 겉을 유심히 살폈다. 눈에

띄는 얼룩은 보이지 않지만 방심할 수 없다. 문을 여는 순간 안에서 예상하지 못한 존재가 튀어나올 수도 있다. 다무라 형사가 '옷방도 조사했다. 이상하게도 옷만 있었고 쓰레기봉투와 페트병은 들어 있지 않았다'라고 알려줬지만 눈으로 직접 확인하지 않았으니 안심할 수 없었다.

이오키베는 말투와 달리 늘 신중한 사람이다. 옷방 손잡이를 잡고 조심스럽게 열었다.

다무라 형사의 말이 맞았다. 참혹한 집 안과 달리 옷방은 거짓말처럼 가지런히 정리되어 있었다. 쓰레기봉투도 페트병도 없고 그저 의류만 보관되어 있었다.

"여기는 깨끗하군. 그래도 벌레의 침입을 막지는 못했지만."

옷걸이에 가지런히 걸려 있었지만 가까이서 보면 역시 구더기가 무리 지어 있었다. 번데기 허물도 보이고 전신 거울에도 거미줄이 가득했다. 거주자가 유일하게 성역으로 여겼던 곳까지 벌레들이 침범했다고 생각하니 가슴이 아팠다.

옷가지를 자세히 살펴보니 블라우스와 반팔 니트 같은 여름용 옷과 스웨터와 코트 등 겨울용 옷이 함께 걸려 있었다. 계절별로 보관할 방법이 없었던 것 같았다. 다무라 형사가 귀띔해준 대로 남성복이 몇 벌 섞여 있었다. 색감이 화려한 재킷에 반짝거리는 옷감으로 만들어진 바지, 어디 저녁 파티라도 갔는지 중산모자까지 있었다.

"사귀던 남자친구가 두고 간 모양인데, 상당히 화려하네."

"그러게 말이에요. 적어도 회사원이 출근할 때 입을 만한 옷은 아니네요."

"호스트라도 만났나?"

높은 연봉을 받는 기업에 근무하면서 호스트와 노는 데 빠져 신세를 망친 뒤 결국 직장을 잃고 모아둔 돈까지 탕진하며 비참하게 죽어간다. 진부할 정도로 흔하디흔한 이야기지만 이 집의 상태를 보면 수긍할 수밖에 없었다. 진작에 인연이 끊어진 남자가 두고 간 옷을 매우 소중히 걸어놓은 모습이 더욱 안타까움을 자아냈다.

"하나같이 벌레 먹거나 구더기가 꼬여서 쓸모없군. 다 버려 달라고 한 어머니의 요청이 옳았던가."

이오키베는 옷걸이에서 내린 옷을 쓰레기봉투에 아무렇게나 넣기 시작했다.

그 순간 갑자기 어떤 생각이 떠올랐다.

"잠시만 기다려 주세요."

"무슨 일이야?"

"버리기 전에 사진 찍어도 돼요?"

"딱히 상관은 없지만. 도대체 이유가 뭐야?"

"어머니는 버려 달라고 했지만 마리나 씨가 생전에 어떤 옷을 입었는지는 궁금할 것 같아서요. 사진이라도 찍어둘까 해요."

"그렇다면 괜찮지. 사진이라면 귀찮지도 않을 테니까."

옷을 버리기 전에 한 벌씩 사진을 찍었다. 이오키베에게 한 설명은 거짓은 아니지만 그렇다고 그것이 다는 아니었다. 옷걸이에 걸린 옷을 보다가 기시감을 느꼈다. 기시감의 근원이 무엇인지는 모르겠지만 어쨌든 기록으로 남겨 두라는 뇌의 명령을 따랐다.

가스미가 옷을 전부 찍자 이오키베는 마침내 바닥 청소를 시작했다. 청소라고 하지만 체액이 스며들어 냄새가 밴 바닥재는 어떤 탈취제로도 해결할 수 없는 데다 해당 부분이 약해져 내구성이 저하된다. 외관만 깨끗하게 해봤자 의미가 없어 결국 바닥재를 통으로 교체할 수밖에 없었다.

하지만 이오키베는 가져온 도구함에서 전동 톱을 꺼내기만 하고 전원은 켜지 않았다.

"가스미 씨, 잠깐 여기 좀 봐줘."

이오키베가 사람 모양의 검은 얼룩 중 팔 끝부분을 손가락으로 가리켰다. 이오키베의 등 뒤에서 그 부분을 들여다보니 무언가가 적혀 있었다. 바닥재 코팅되어 있어 잉크는 스며들지 못한 듯했다.

"글씨일까요?"

"어두운 곳에서는 알 수 없지. 나중에 확인해 보자."

바닥재를 뜯어내기 시작했다. 이오키베는 전기톱을 들고 익숙한 손놀림으로 얼룩이 생긴 부분을 정확하게 잘라냈다. 곧 머리를 넣을 수 있을 만한 구멍이 생기자 이오키베가 안을 들여다봤다.

"예상대로야. 동귀틀까지 스며들었어."

"동귀틀도 교체해야 하나요?"

"아니, 아무래도 겉에만 묻은 것 같아. 깎아내면 어떻게든 되겠어."

이번에는 대패를 꺼내 체액이 묻은 부분만 꼼꼼하게 갈았다. 톱밥은 밑에 깔아둔 신문지째로 수거하기 때문에 한 조각도 남기지 않았다. 전 직장에서 배웠는지, 아니면 청소 일을 하면서 숙련됐는지 이오키베는 대패질도 능숙했다. 얼룩진 부분을 순식간에 갈아냈다.

미리 준비한 동일한 바닥재를 치수대로 절단해 갈아서

빈 부분에 끼워 넣었다. 그의 신중한 성격과 손재주가 이번에도 발휘됐다. 새로 준비한 바닥재가 빈틈없이 딱 맞았다. 사전에 같은 색으로 코팅했기 때문에 언뜻 보면 보수한 티가 나지 않았다.

"훌륭하세요."

"이 정도는 익숙해. 일 년 쭉 하다 보면 가스미 씨도 할 수 있을 거야."

"학교 다닐 때 생활 기술 과목을 선택하지 않아서 이 나이 먹도록 못 하나 제대로 박을 줄 몰라요."

"하지만 일이 되면 사정이 달라지지. 직업이란 그런 거야. 자, 마지막 단계다."

바닥재 교체가 끝나자 집 전체에 소독제를 뿌렸다.

"됐다, 일단 철수."

두 사람은 도구함을 들고 밖으로 나갔다. 문을 전부 닫은 집 안에서 소독제가 효력을 발휘하고 있을 것이다. 휴식할 겸 소독제가 사라지기를 기다렸다.

가스미는 들고나온 바닥재 한 조각을 햇빛 아래 비춰 봤다. 코팅 때문에 잉크가 스며들지 않았지만 밝은 곳에서는 요철로 글자를 판독할 수 있다.

볼펜으로 적은 듯 자국이 선명했다.

―다들 망해라.

눈을 동그랗게 뜨고 몇 번을 쳐다봤지만 역시 그렇게 적혀 있었다.

"대표님, 이것 좀 보세요."

옆에서 이오키베가 살펴봤다.

"마리나 씨의 유서일까요?"

"마리나 씨는 자연사했잖아."

"심원성 뇌색전증은 전신마비나 의식장애를 동반한다고 하는데 휴대폰으로 손을 뻗을 시간도 없었을 것 같다고 담당 형사가 말했어요."

"요즘 세상에 누군가에게 무언가를 전하려고 한다면 직접 쓰기보다 휴대폰에 남기겠지. 실제로 유서를 휴대폰에 남기는 사람도 적지 않고. 무엇보다 의식장애가 발생한 시점에 유서를 쓰는 것은 말이 안 돼."

"유서가 아니라면 뭘까요?"

"단순한 원망이겠지, 세상을 향한."

이오키베의 대답은 과연 단순하고 냉철했다. 아직 의식을 잃기 전, 삼십 대 독신 여성이 허공에 내뱉은 저주에는 비애가 가득했지만 따지고 보면 그저 혼잣말일 뿐이었다.

어차피 바닥에 쏟아낸 원망이다. 누군가 보라고 적은

것도 아니었다.

아니, 아니야.

지금 내가 이렇게 읽고 있지 않나.

"슬슬 다 말랐을 거야. 마무리하러 가자."

두 사람은 스프레이 캔에 든 탈취제를 들고 마지막 단계를 향해 갔다. 집에 들어가자마자 창문과 문을 열어 환기했다. 시신의 냄새가 떠도는 공기가 빠져나가고 초여름의 맑고 산뜻한 바람이 들어왔다.

완전히 바뀐 공기를 확인한 후 마지막으로 탈취제를 뿌렸다. 시중에서 판매하는 탈취제는 미덥지 못해 '엔드 클리너'에서는 특별 제작한 탈취제를 사용한다. 이오키베가 여러 종류 탈취제를 조합해 만든 일명 '이오키베 스페셜'인데 탈취 효과도 지속시간도 시중 판매 제품과 비교도 되지 않았다.

"작업 완료."

이오키베의 말을 신호로 철수한 뒤 차 앞에서 방호복을 벗었다. 그 방호복은 소각용 상자에, 다른 도구는 제자리에 돌려놓자 모든 작업이 끝났다.

"곧바로 확인해 달라고 하자."

집주인인 나리토미 아키코를 불러 집으로 들여보냈다.

눈이 휘둥그레진 아키코는 감탄했다.

"깨끗하네요. 원래대로 되돌아왔어."

"청소도 하고 바닥재 일부를 교체하고 동귀틀도 보수했습니다. 2톤 트럭을 사용했기 때문에 그만큼 비용이 늘어났습니다."

"집만 깨끗해졌다면 상관없어요."

완전히 잊고 있었다. 집 청소 비용은 아키코가 아니라 마리나의 어머니가 지불하기로 했다는 사실을.

"수고하셨어요."

더는 볼일 없다는 듯 아키코는 인사도 하지 않고 서둘러 자리를 떠났다.

아파트 단지에는 아직 쓰레기봉투가 남아 있지만 시라이가 곧 회수하러 올 것이다.

"집주인이 확인도 했으니 회사로 돌아갈까?"

"시라이 씨를 안 기다려도 될까요?"

"믿으니까. 의뢰받은 집을 청소하고 나면 몸을 깨끗이 씻어야 해. 그 열기 속에서 땀범벅이 됐잖아."

땀과 냄새가 신경 쓰여서 두말없이 공감했다.

"그런데, 그 집주인 말이에요, 세입자에 대한 동정이나 연민 같은 건 없을까요?"

"머문 자리는 깨끗이 정리하고 떠나는 것이 기본이니 그런 엉망진창인 상태를 본 집주인으로서는 쌀쌀맞을 만도 하지."

"좀 각박한 것 같아요."

"마리나 씨의 깊은 원한이 눌어붙어 있는 집을 청소했어. 그걸로 우리가 넋을 위로했다고 생각하면 서럽지 않을 거야."

"왠지 무당 같아요."

"악령을 퇴치하냐 악취를 퇴치하냐의 차이지."

돌아갈 채비를 마치고 차에 오르자 이오키베가 가스미 쪽으로 시선을 던졌다.

"가스미 씨, 그 바닥재 조각."

"네, 마리나 씨의 '다들 망해라' 말이죠?"

"그런 걸 가지고 가면 어떡해."

"청소하다가 깨달은 사실이 있어요. 그게 진짜인지 아닌지 확인하고 싶어서요. 쓸데없는 짓일까요?"

"글쎄."

이오키베는 시동을 건 뒤 더 이상 가스미를 쳐다보지 않았다.

"의뢰받은 일은 다 끝냈어."

더 이상 말은 없었다.

쓸데없는 짓은 하지 말라는 뜻일까, 마음대로 하라는 뜻일까?

가스미는 후자라고 받아들이기로 했다.

4

돌아온 일요일, 가스미는 휴일을 이용해 고토구 아리아케로 향했다. 마리나가 근무하던 외제차 판매회사 매장이 있는 곳이었다.

가스미가 직업과 이름을 밝히자 접수처 여직원은 순간 당황한 얼굴이었지만 곧바로 응접실로 안내했다.

5분을 기다리니 영업과 직원이 등장했다.

"오래 기다렸습니다. 영업과의 오타 마리코라고 합니다."

"'엔드 클리너'의 아키히로 가스미입니다."

"예전에 근무하던 세키구치 마리나 씨 일로 찾아오셨다고 들었습니다."

가스미는 '엔드 클리너'가 특수청소 외에 유품 정리 작업도 한다고 설명했다.

"그러십니까? 마리나 씨가 사망했다는 소식을 듣고 저희도 슬프고 안타까웠습니다. 그런데 저희와 유품 정리가 무슨 상관일까요?"

"마리나 씨가 살던 아파트 옷방에 옷이 상당히 많았습니다. 어쩌면 귀사의 유니폼도 섞여 있을 수 있어서요. 확인해 주셨으면 해서 찾아뵈었습니다."

"회사에서 지급한 물건은 규정상 퇴사할 때 반납해야 합니다만……. 뭐 확인만 하는 것이라면 괜찮습니다."

가스미는 휴대폰으로 찍어 둔 옷 사진을 한 장씩 보여 줬다. 그러나 사진 중에 유니폼이 없다는 사실은 처음부터 알고 있다. 마리나의 옛 직장에서 이야기를 끌어내려는 방편에 불과했다.

하지만 방편으로 단정 짓기에는 성급했다. 줄줄이 이어지던 사진 중 한 장을 보더니 오타가 작게 소리친 것이다.

"이 옷 본 적 있어요. 회사에서 지급한 물품은 아니지만 이 옷 때문에 마리나 씨는 순식간에 유명인이 됐으니까요."

뜻밖의 반응에 오히려 가스미가 당황했다.

"그 이야기를 들려주시겠어요?"

"도쿄 모터쇼 아시죠? 저희도 그 모터쇼에 참가해서 해당 년도 콘셉트카를 부스에 전시해요. 이런 신차 전시에 따라붙는 레이싱 모델을 가스미 씨는 어떻게 생각하시나요?"

"전시회의 꽃 아닌가요?"

"네, 그런 시각이 압도적이죠. 전시회장이 화려해진다는 둥 차를 돋보이게 한다는 둥 이해할 수 없는 논리가 버젓이 통용돼요. 모델에게 가슴이 훤히 드러나고 몸에 딱 달라붙는 옷이나 미니스커트 같은 걸 입히죠. 하지만 그건 소위 아저씨 취향일 뿐이잖아요. 적어도 부스를 구경하는 여성들의 구매 욕구를 자극하지는 않을 거예요."

말끝마다 조심스럽게 담은 분노가 느껴졌다. 여성 레이싱 모델을 보면 조금 불쾌하기는 가스미도 마찬가지였다. 새 차와 젊고 글래머러스한 여자의 조합이 중년 남성의 성적 취향처럼 느껴졌기 때문이다.

"예전에는 그게 통용됐어요. 차를 사는 사람도 운전하는 사람도 대부분 남자였으니까요. 주요 구매층이 남성이면 마케팅 방법으로 젊고 글래머러스한 여성 레이싱 모델을 활용하는 것이 오히려 당연하다고 할 수 있겠죠. 하지만 시대가 바뀌었습니다. 구매층에서 여성이 차지하는 비율이 남성의 그것과 대등해지면서 콘셉트카와 여성 레이싱 모델의 연관성에 의문이 제기됐죠. 최근에는 페미니즘 영향도 있어서 유럽과 미국 모터쇼에서는 레이싱 모델을 세우는 기업이 줄고 있습니다. 저희도 예외는 아니었죠. 레이싱 모델 채용을 보류하자고 내부 합의하려는데 갑자기 마리나 씨가 손을 들었어요."

"마리나 씨가 뭐라고 했습니까?"

"그렇다면 자신이 레이싱 모델을 맡겠다고요. 위로는 본사 임원, 아래로는 영업소 직원에 이르기까지 큰 소동이 일었죠. 보통 레이싱 모델은 각 파견 회사에 요청하는데 자사 직원이 맡겠다고 했으니까요. 전대미문의 제안이다, 아무리 튀고 싶어도 정도껏 해야지. 처음에는 이런 부정적인 의견도 있었습니다. 그런데 본사 CEO(최고경영자)가 진행하라는 사인을 내서 분위기가 단숨에 역전됐죠."

"멋진 사풍이네요."

"그 기념비적인 한 장이 바로 이 사진이에요."

오타가 휴대폰 속 사진을 자랑스럽게 바라봤다.

"모터쇼에 대한 우리 회사의 사고방식이 순식간에 바뀐 순간이기도 했지만 마리나 씨의 평가가 단숨에 바뀐 순간이기도 했어요."

"마리나 씨의 평가는 어땠습니까?"

"키가 크고 눈에 띄지만 소심한 성격. 성실하지만 항상 타인의 뒤에 숨어 있는 인상이었죠. 학교 다닐 때 그런 아이가 반에 한 명쯤은 있잖아요. 외모가 눈길을 끄는 탓에 내성적인 아이요."

"네, 있죠."

"마리나 씨가 바로 그런 사람이었어요. 요컨대 눈에 띄지 않는 우등생이었던 셈이죠. 물론 눈에 띄든 띄지 않든 성실함이 핵심이고 어떤 일을 하든 가장 중요하니까요."

가스미는 동의한다는 표시로 고개를 끄덕였다. 외제차 판매 업계는 화려해 보이지만 매력 있는 제품을 판매하고 그 가치를 아는 자가 구매한다는 점에서 다른 업계와 다르지 않았다. 게다가 큰돈이 움직이다 보니 당연히 성실과 신중함을 더욱 갖춰야 했다.

"그런데 모터쇼에 레이싱 모델로 참가하자마자 마리나 씨의 평가가 완전히 달라졌습니다. 본인에게는 콤플렉스였던 큰 키가 화려한 무대에서는 도리어 장점으로 작용했죠. 보기 흔치 않은 점도 한몫해 우리 부스에 엄청난 인파가 몰렸고, 마리나 씨는 순식간에 회사 마스코트 같은 존재가 됐습니다."

"마스코트가 됐다면 본인의 사고방식도 많이 바뀌었겠네요."

"네. 모터쇼를 성공으로 이끈 사람은 마리나 씨라고 해도 과언이 아니니까요. 몰라볼 정도로 활발해졌고 늘 스포트라이트를 받는 느낌이었어요. 아, 맞다."

오타는 자신의 휴대폰을 꺼내 가스미에게 내밀어 화면을 보여줬다.

"바로 그 무렵에 여직원 모임에서 찍은 사진이에요."

어느 선술집 같았다. 사진에는 오타와 여러 여성이 테이블을 둘러싸고 있었다. 유난히 키가 큰 사람이 분명 마리나이리라.

마리나를 조사하면서도 생전 그녀의 모습을 보는 것은 이번이 처음이었다. 과연 오타가 말한 대로 마리나가 있는 곳만 화사한 분위기가 감도는 듯했다.

"모터쇼 전에도 후에도 마리나 씨는 영업과 소속이었습니다. 분위기가 바뀌어도 여전히 성실해서 일할 때 많은 도움을 받았어요."

"과장님을 보좌했나요?"

"아뇨, 마리나 씨의 업무는 각종 이벤트의 견적을 내거나 집계하는 등 눈에 띄지 않는 사무업무였어요. 그래서 레이싱 모델이라는 화려한 모습이 통쾌한 반전으로 다가 왔죠."

가스미는 슬슬 가장 큰 의문을 던졌다.

"듣기만 해도 부러운 근무 환경이네요. 그런데 마리나 씨는 왜 회사를 그만뒀나요?"

순간 오타의 얼굴이 안타까운 표정으로 일그러졌다.

"꼭 대답해야 하나요?"

"유품 정리를 의뢰받은 사람으로서 마리나 씨가 생전에 누구에게 어떤 마음을 품었는지 알아둬야 하거든요."

"저희가 유품 수령을 거절해도 말입니까?"

"유품 정리는 유족을 위한 일이기도 하지만 돌아가신 분을 위한 일이기도 합니다."

위선처럼 들리지만 거짓은 아니었다. 적어도 현재 가스 미는 마리나의 한을 풀어 주려고 움직이고 있었다. '다들 망해라'라는 메시지의 의도를 밝히는 것이 마리나에게 공 양하는 길이라고 믿기 때문이었다.

오타는 잠시 머뭇거리다가 마지못해 입을 열었다.

"모터쇼가 끝나고 몇 달 후에 회사 홍보과로 항의가 들 어왔어요. 전시 부스에서 보여준 마리나 씨의 퍼포먼스가 사회 통념상 용납되지 않는다며."

"무엇을 용납할 수 없다는 말인가요?"

저도 모르게 목소리가 커졌다.

"항의한 곳은 일본근엄당이라는 정당이었습니다."

오타는 분한 듯 입을 씰룩였다.

"댁네 이벤트는 사회 통념상으로나 윤리상으로나 배제되어야 마땅하다. 앞으로 모두 중단하라. 그렇지 않으면 전시를 허가한 모터쇼에 항의하고 행사장 시위도 불사하겠다더군요. 처음에는 단순한 트집 잡기라고 무시하던 회사도 매일같이 이어지는 항의에 심상치 않다고 느꼈습니다. 상식이 통하지 않는 상대다. 만약 정말로 전시회장에서 시위라도 하는 날에는 모터쇼에 참가한 다른 기업에 피해를 줄 것이다. 그래서 상부에서 협의한 결과 다음 모터쇼는 예전과 같은 방식으로 돌아가기로 결정했죠."

결국 협박에 굴복한 셈이었다.

"하지만 외부의 항의와 상부의 결정에 가장 상처받은 사람은 마리나 씨였겠죠. 마리나 씨가 너무 낙담해서 보는 저까지도 가슴이 미어질 정도였어요. 자신의 존재 가치를 전적으로 부정당한 것이나 마찬가지였으니까요."

"제 생각에도 그러네요."

"회사가 그런 결정을 내린 다음 달에 마리나 씨가 사직

서를 냈어요. 처음에는 수리하지 않고 설득했지만 마리나 씨가 상심이 큰 탓에 마음을 돌릴 수는 없었습니다."

"마리나 씨와는 그것이 마지막이었습니까?"

"네. 우리 직원이 몇 번이나 술자리에 초대했다는데 전부 거절했다더군요. 분명 회사에 안 좋은 기억이 남은 탓일 테죠. 그 생각만 하면 미안한 마음만 가득해요."

마리나가 집에 틀어박힌 것도 바로 그 시기였다. 회사에서 벌어진 일로 유추하면 이해 가는 이유였다.

오타는 다시 옷이 찍힌 사진으로 시선을 떨궜다.

"이 옷은 마리나 씨에 대한 평가를 완전히 바꿨지만 결국 그녀의 마음을 괴롭게 하기도 했어요. 그런 의미에서 지독히 죄 많은 옷이었다고 생각해요."

다음으로 방문한 곳은 미토에 있는 마리나의 본가였다.

본가는 한적한 주택가 한편에 있었는데 가스미가 방문했을 때 집은 조용했다. 상을 당했기 때문에 그런 것이라면 다행이지만 이는 가스미의 일방적인 바람일 뿐이었다.

문패에는 야요에와 마리나 두 사람의 이름이 새겨져 있었다. 딸을 향한 애정 때문에 치우지 못했겠지만 마치 죽은 아이의 나이를 헤아리는 것과 같다고 생각했다.

야요에는 가스미를 응접실로 안내했다. 복도를 걷다가 다다미방에 위패를 모신 공간이 눈에 띄었지만 향을 올리고 싶다는 말을 꺼내기는 어려웠다.

"집주인이 집이 상당히 깨끗해졌다고 하더군요. 감사합니다."

"아닙니다. 그게 저희 일인걸요."

"그런데 오늘은 무슨 일로 찾아오셨죠? 청구한 금액은 계좌로 입금했는데요."

"오늘은 유품 정리 건으로 찾아뵀습니다."

"그 집에 있던 것은 모두 버려 달라고 말씀드렸잖아요."

"네. 그런데 뜻밖에도 옷방에 옷이 남아 있었거든요. 어머님께서 한번 확인하신 다음 처분하는 편이 좋을 것 같습니다."

"확인이라니, 설마 가져오신 건가요?"

"사진으로 찍어 왔습니다."

가스미는 집에서 촬영한 옷 사진을 한 장씩 보여줬다. 어떤 옷을 봐도 미동이 없던 야요에가 사진 한 장을 보더니 눈을 부릅떴다.

색감이 화려한 재킷이었다.

"역시 이 옷이 신경 쓰이시는군요."

예상한 반응이었지만 그래도 마음이 쓰렸다.

"처음 옷방을 열었을 때 저도 이 옷이 마음에 걸리더라고요. 사귀던 사람의 옷을 소중히 간직한다고 해도 재킷은 좀 이상하지 않습니까. 게다가 이 재킷과 반짝거리는 바지, 중산모자 조합을 보고 기시감을 느꼈어요. 이리저리 궁리하다가 이제야 떠올랐죠. '소큐의 기사'라는 애니메이션에 등장하는 캐릭터 라인홀트 후작의 코스튬이라는 걸요."

'소큐의 기사'는 원래 게임이었지만 큰 인기를 끌면서 애니메이션으로도 제작됐다. 애니메이션은 심야에 방송됐지만 높은 시청률을 기록하며 큰 성공을 거두었다. 가스미도 빠져들어서 보던 시절이 있어서 기억이 났다.

"라인홀트 후작의 의상은 일반 가게에서는 팔지 않습니다. 아마 마리나 씨가 코스프레 전문점에서 샀겠죠. 마리나 씨에게는 은밀한 취미였겠지만 그것이 회사에서 도움이 되는 순간이 찾아왔습니다. 도쿄 모터쇼에서 콘셉트카를 전시할 때 회사에서 여성 레이싱 모델 기용을 보류하려고 했죠. 요즘 사회 풍조와는 맞지 않는다는 이유로. 그때 마리나 씨는 옳고 그름을 떠나서 자신이 레이싱 모델을 맡고 싶다며 손을 들었습니다. 다만 레이싱 모델은 레이싱 모델이되 남장한 모습으로요. 그때 입은 옷이 이 재킷과 바지, 중산모자였어요."

가스미는 다른 사진을 띄웠다. 바로 모터쇼에서 마리나가 라인홀트 후작으로 분장하고 밝은 모습으로 찍힌 사진이었다.

"마리나 씨의 코스프레는 글래머러스한 미인만 레이싱 모델을 한다는 통념에 파문을 일으켰습니다. 그뿐 아니라 키가 큰 마리나 씨의 남장은 그야말로 사람들의 눈길을 끌었어요. 기업의 이미지까지 새롭게 바꿀 만한 연출은 사내에서도 좋은 평가를 받으며 마리나 씨는 단숨에 유명인이 됐죠. 마리나 씨도 긍정적인 방향으로 변했고 그때까지만 해도 성실하다는 평가만 받다가 새로운 매력을 인정받았어요. 그대로 쭉 이어졌다면 마리나 씨에게 행복한 이야기였을 텐데 어느 날 모 정당에서 억지에 가까운 항의를 하는 바람에 마리나 씨의 행복한 시간을 끝나고 말았습니다. 항의한 곳은 전근대적인 젠더관으로 악명 높은 극우 정당인 일본근엄당이었죠. 남자는 남자답게, 여자는 여자답게. 여장이나 남장은 풍기 문란이다. 네, 맞습니다. 이 집 담장에 포스터를 붙여 놓은 그 일본근엄당 말입니다. 야요에 씨, 포스터를 붙이는 걸 허락할 정도니 그 정당의 주장에 공감하는 것 아닙니까? 그것도 오래전 마리나 씨와 둘이 살 때부터요."

야요에는 혼탁한 눈빛으로 입을 굳게 다물었다.

"항의받은 회사는 마리나 씨의 연출을 폐기하자고 결정 했습니다. 마리나 씨에게는 존재 자체를 부정당한 사건이 었죠. 그리고 설 자리가 없어진 마리나 씨는 회사를 그만 두고 말았습니다."

"왜 존재를 부정당했다고 생각했죠? 확대 해석 아닌가 요. 고작 남장을 못 하게 됐을 뿐이잖아요."

"이건 그저 제 추측일 뿐이지만 마리나 씨는 생물학적 으로는 여성이지만 스스로는 남성이라고 인식하는 사람 이지 않았나요?"

야요에는 다시 입을 다물었다. 가스미는 이 침묵을 긍 정으로 받아들였다.

"'소큐의 기사'에 등장하는 라인홀트 후작은 이지적이 면서 전장에서는 용맹하고 과감한 전사 캐릭터입니다. 그 런데 사실 어쩔 수 없는 집안 사정으로 남장한 여성이죠. 마리나 씨의 처지와도 겹치는 설정이잖아요. 마리나 씨는 남성성을 지녔지만 여성으로 살도록 강요받았습니다. 그 래서 라인홀트 후작이라는 캐릭터에 자신을 투영하며 코스프레를 즐겼죠. 모터쇼에서 코스프레한 자신이 스포트라이트를 받았을 때 마침내 본연의 자신을 인정받을 수 있는 곳을 발견했을 겁니다. 하지만 그 희망은 일본근엄당의 항의에 허무하게 깨져버렸습니다. 정당을 이용해 딸의 남장을 막으려던 사람은 야요에 씨, 당신 아닌가요?"

가스미가 도달한 결론은 지독히도 역겨웠다. 성 정체성 때문에 괴로워하는 딸과 고리타분하고 완고한 젠더관을 지닌 어머니가 한집에 살면 갈등이 생기는 것은 오히려 당연하다. 한번 집을 떠난 마리나가 거의 본가를 찾지 않은 이유도 이로써 설명된다.

—다들 망해라.

본연의 자신을 부정당한 마리나가 어떤 심정이었을지는 상상만 할 따름이었다. 하지만 그녀가 남긴 문구가 자신을 인정하지 않은 어머니와 사회를 향한 메시지임은 분명했다.

잠시 무거운 침묵이 흐르고서 마침내 야요에가 입을 열었다.

"옛날부터 난감한 딸이었어요."

감정이 조금도 담기지 않은 목소리였다.

"남자아이들하고만 놀고 소꿉놀이나 예쁜 옷에는 조금도 흥미를 보이지 않았죠. 그래도 초등학생 무렵까지는 여자답게 행동하라며 엄하게 가르쳤는데 중학교에 들어갈 무렵에는 사춘기까지 와서 치마를 입지 않으려고 했어요. 제가 조상 대대로 내려온 가르침을 주입해도 귓등으로도 안 듣더군요. 도대체 얼마나 가르쳤는지. 여자로 태어났으니 여자답게 화장하고 좋은 남자와 결혼해 행복한 가정을 꾸리라고. 그게 바로 여자의 행복이잖아요. 대학 졸업 후 도쿄에서 취직했을 때는 역시 나쁜 병도 나았다고 안심했는데 직장에서 모터쇼에 참가한다고 해서 뉴스를 봤더니 남장한 마리나가 포즈를 취하고 있지 않겠어요? 저는 창피하고 분해서 일본근엄당 사무실로 달려갔어요. 사무국장님은 훌륭한 분이셔서 즉시 정당 이름으로 항의하겠다고 호언했죠. 덕분에 딸은 다시는 그 수치스러운 옷을 입지 않게 됐습니다. 정말 감사한 일이죠."

"절망한 마리나 씨는 집에 틀어박혀 바깥세상과 접촉을 거부하고 마지막에는 저주의 말을 바닥에 적었습니다. 그래도 감사한 일일까요?"

"드디어 딸이 내 곁으로 돌아왔어요. 뼛가루가 됐지만

더 이상 내 말을 거역하지 않는 아이로 돌아왔죠."

야요에는 희미하게 웃어 보였다.

"뭐든 평범한 것이, 남들 같은 것이 가장 좋아요."

"……이만 실례하겠습니다."

결국 더는 앉아 있을 수 없어서 자리에서 일어났다. 현관으로 향했지만 야요에는 뒤따라오지 않았다.

떠나면서 집을 다시 바라봤다.

어디서나 볼 수 있는 평범한 단독주택.

하지만 이 집은 과연 마리나가 마음 편히 지낼 수 있는 곳이었을까. 어쩌면 쓰레기봉투로 꼼짝할 수도 없던 그 집이야말로 그녀가 안식할 수 있는 공간 아니었을까.

갑자기 치솟는 감정을 걷잡을 수 없어 가스미는 급히 달려갔다.

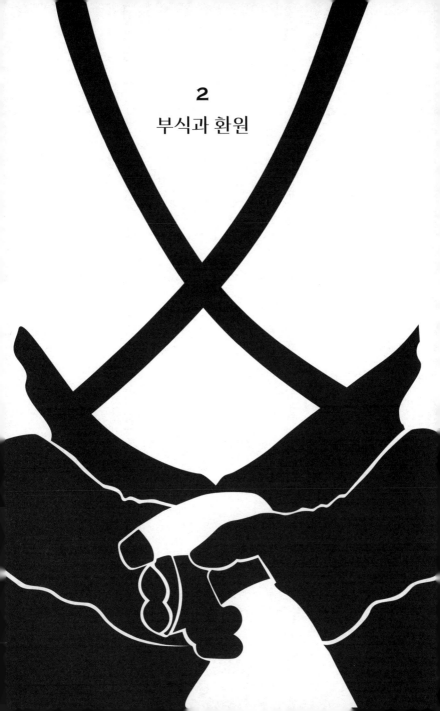

2

부식과 환원

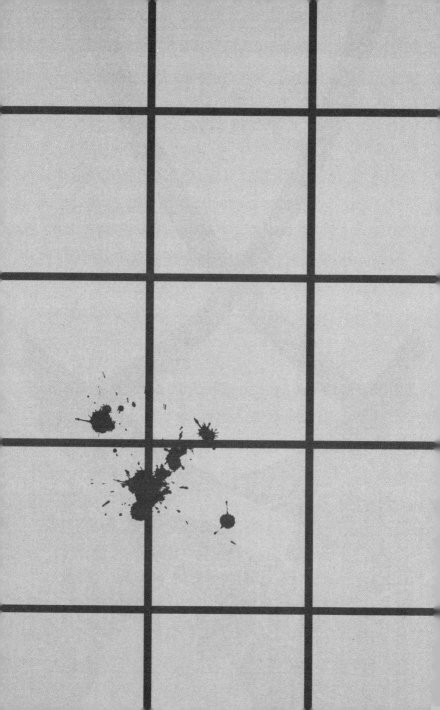

1

"누가 뭐래도 10퍼센트예요. 모처럼 입지 조건이 좋은데 금액을 더 내리라니 절대로 안 돼요."

이쿠보 데루코는 일방적이었고 여지라고는 전혀 없었다.

"아뇨, 금액을 내리라는 말씀이 아니라 사정 결과에 따라 고독사 판정이 나지 않을 수도 있다는 설명을 드리는 겁니다."

상대방이 충분히 이해하도록 반복해 말했지만 데루코는 가능성을 고려하는 것조차 꺼렸다. 그녀의 주머니 사정을 고려하면 어쩔 수 없는 일이라고 생각했지만 이오키베도 사업을 하는 사람이었다.

이오키베가 대표로 있는 '엔드 클리너'는 사건 사고가

발생한 집을 청소하거나 유품을 정리하는 일 외에도 상황에 따라서 집을 매입하기도 한다. 다만 그렇게 문제가 발생한 집은 고독사는 10퍼센트, 자살은 30퍼센트, 타살은 50퍼센트나 거래 시세가 하락한다. 매입 가격도 시세와 연동되어 있기 때문에 데루코가 부르는 가격에 매입할 수는 없었다.

"신주쿠구에 있는 방 세 개짜리 구축 맨션이 4천만 엔이라니 초저가 매물이잖아요. 10퍼센트만 깎여도 속이 쓰린데 가격을 더 내리라면 어쩌란 거예요."

사정을 모르는 사람이 들으면 데루코가 욕심 사나운 사람이라고 생각할지 모르지만 이오키베는 그녀를 동정할 수밖에 없었다.

데루코의 남편은 5년 전에 세상을 떠났다. 남편이 가족에게 남긴 유일한 투자자산이 분양 맨션이었고 남편이 사망한 후에는 집안의 유일한 수입원이었다. 세입자는 이네긴지로라는 남자였는데 집세도 밀리지 않는 모범 세입자였다고 한다. 아무 문제가 없었다면 데루코에게 정기적인 집세 수입이 생기는 셈이었지만 지난 11월에 상황이 변했다. 이네가 시신으로 발견된 것이다.

시신은 11월에 발견됐지만 경찰 조사에 따르면 이네는

10월 말에 사망했다고 한다. 일주일이나 발견되지 않은 이유는 현장의 공기가 밀폐된 탓이었는데 발견 당시 상황은 매우 처참했다.

집주인인 데루코는 현장에 한 걸음 들여놓자마자 졸도할 뻔했다고 한다. 그 순간 집을 팔 결심을 했다.

"사람이 죽은 곳을 다른 사람에게 세놓는다니 아무리 남편의 유산이라도 참을 수 없네요. 하지만 단 하나 남은 유산이라 절대로 헐값에 넘기고 싶지는 않아요."

찝찝하니 처분하고 싶은 마음도, 1엔이라도 비싸게 팔고 싶은 마음도 모두 이해가 갔다.

이오키베는 지나온 응접실을 무심히 관찰했다. 생활용품은 전부 오랜 세월 사용한 것들로 고급스럽기는 하지만 낡은 티가 났다. 예전에는 형편이 좋았지만 지금은 새 물건을 살 여유도 없어 보였다.

사정을 들어 보니 월세 수입에만 의존해 생활하는 데루코는 직접 일하러 나가려고 하지 않았다. 사십 대 후반 나이로는 취직할 수 있는 일자리도 많지 않았다. 딸 하나를 키우는 몸으로는 필요 이상 돈을 쓰기 어려우리라.

"저희 회사의 심사는 업계 제일이에요. 결코 헐값에 매각했다는 생각은 안 드실 겁니다."

듣기 좋은 말은 하지 않는다. 과도한 기대감을 주지 않는다. 영업에는 적합하지 않은 태도지만 '엔드 클리너'에는 걸맞은 대화 방식이라고 이오키베는 생각했다.

데루코는 잠시 상대의 진의를 살피듯 노려보다가 말하느라 지쳤는지 짧게 탄식했다.

"그럼 일단 심사만이라도 받아 보죠. 결과가 나오면 협상하는 것으로 해요."

"좋습니다."

집을 떠나려는데 현관 앞에서 누군가 말을 걸었다. 데루코의 딸 마리코였다.

"아까는 엄마가 실례했습니다."

이오키베가 황송할 정도로 깊이 고개를 숙였다.

"옆방에 있었는데 두 분 대화 소리가 들리더라고요."

이오키베야 어떻든 데루코는 목소리가 컸기 때문에 소리가 들려도 이상하지 않았다. 어쨌든 마리코가 부끄러워할 만도 했다.

"생활비 말고도 제 대학 진학 비용까지 생각해서 그만 좋지 못한 모습을 보인 것 같아요."

"그 정도는 아니었어."

마리코가 천천히 고개를 들었다.

"돈은 목숨 다음으로 소중하다고 말하는 사람도 있을
정도잖아. 없는 것보다는 있는 게 좋지. 적은 것보다는 많
은 편이 좋고. 당연한 이치야. 당연한 것을 부끄러워할 필
요 없단다."

"감사합니다."

"그건 그렇고 돌아가신 이네 씨에 대해 아는 게 있니?"

"아뇨. 가끔 공부를 가르쳐주신 적은 있지만요."

"그래, 그렇겠지. 미안, 이상한 걸 물어서."

현관을 나와 밖에 세워 둔 원 박스 카에 올라타자 조수
석에 있던 가스미가 초조하게 기다리고 있었다.

"오래 걸렸네요."

"주인이 아무리 적어도 10퍼센트 이상 내릴 수는 없다
며 완강해서."

"저희 아직 현장도 못 봤잖아요."

"안 봐도 대충 짐작이 가. 겨울이라지만 사망한 지 일주
일이 지났어. 죽은 곳이 거대한 냉장고가 아니라면 몸에
서 나온 체액이 바닥에 스며들었겠지. 제발 배수구 바로
위에서 죽지 않았기만 바랄 뿐이야."

가스미는 침을 꿀꺽 삼켰다. 거주자가 욕실에서 사망한
집을 이오키베와 가스미와 시라이 셋이서 청소한 적이 딱

한 번 있는데 몹시 처참한 현장이었다. 시신에서 나온 체액이 배수구를 타고 아래층까지 흘러내려 천장으로 샌 것이다. 현장 바닥부터 아래층 천장까지 남김없이 모두 교체해야 했고 수고와 시간과 비용도 많이 들었다. 그뿐 아니라 아래층 주민이 손해배상청구소송을 제기해 두고두고 분쟁이 이어졌다. 솔직히 그런 집은 사양하고 싶었다.

"니시신주쿠에 있는 집이죠?"

"역에서 몇 분 거리에 있는 구축 맨션이야. 지은 지 좀 됐는데도 입지가 좋아서 인기가 여전하지. 투자 매물로는 안성맞춤이야. 사망한 남편이 안목이 있는 사람이었겠지."

"입지가 아무리 좋아도 문제가 일어난 집이면 의미 없어요."

"그런 집을 되살리는 것도 우리 일이야."

사망한 거주자의 넋을 달래는 것은 승려의 역할이지만 고인의 원한이 서린 집을 정화하는 일은 이오키베와 직원들의 몫이라고 생각했다.

현장으로 향하기 전 들를 곳이 있었다. 이오키베는 차를 신주쿠 경찰서로 몰았다.

가스미와 함께 접수처에 방문 접수했다. 경찰과 안면을

익히게 할 목적으로 가스미를 대동했다.

응접실에서 기다리니 예상대로 낯익은 얼굴이 노골적으로 싫은 표정을 지으며 나타났다.

"그쪽은 아키히로 가스미 씨였죠? 오늘은 두 사람이 같이 무슨 일입니까?"

이네 긴지로 사건을 담당한 형사는 강력계 가즈사 고지였다. 이오키베가 경시청에서 근무하던 시절에 종종 함께 사건을 수사한 적이 있었다. 그것을 인연으로 지금까지 알고 지내는 사이다.

퇴직 후에도 절친한 경찰관을 찾아오는 이유는 사건 사고가 일어난 집에 살던 사람의 정보를 얻기 위해서다. 성명 등 기본 정보는 관리인이나 집주인에게 얻을 수 있지만 생활 실태나 시신 발견 시 정황에 관해서는 경찰이 잘 알기 때문이다. 수사할 때 이오키베의 도움을 받은 형사들은 성가서하면서도 수사 정보를 알려줬다.

오랜 지인이라고 해도 기밀 정보를 쉽게 흘릴 수 없으니 대개 전담 기자가 아는 수준의 정보지만 언론에 보도되는 내용보다는 훨씬 자세했다. 가스미와 함께한 이유는 이 특권을 직원에게도 전수하기 위해서였다. 서서히 안면을 트고 친분을 쌓아가면 경찰도 좀처럼 빡빡하게 굴지 못

한다. 그 방법이 효과를 발휘하면서 지금은 가스미가 홀로 방문해도 정보를 주는 담당 형사가 늘었다.

가즈사는 진작에 이오키베의 속셈을 꿰뚫어 본 듯 가스미를 의심의 눈초리로 노려봤다.

"며칠 전에 니시신주쿠에 있는 구축 맨션에서 이네라는 사람이 사망한 채 발견됐잖아."

"아아, 그 집 특수청소를 이오키베 씨가 맡았습니까?"

"어떤 상태였어?"

"그야 특수청소를 해야 하는 상태였죠."

"정도라는 게 있을 거 아냐."

"시신 발견 당시 상황이라면 관리인에게 들었을 텐데요."

"자세하게는 못 들었어. 사망자의 신상 정보와 가족이 있는지를 미리 확인하고 싶거든."

"저기, 이오키베 씨는 일단 민간인이잖아요."

"민간인이 되고서도 이런저런 도움을 받았잖아. 가즈사, 설마 배은망덕한 짓을 하려는 건 아니지?"

"생색 좀 그만 내세요."

가즈사는 눈꼬리가 치켜 올라간 눈을 더욱 가늘게 뜨며 항의했다.

"뭐, 경찰에서는 사고사로 처리해서 흘리면 안 되는 정보도 적지만요."

"지병으로 갑자기 사망할 나이도 아니잖아."

"한창 일할 사십 대 중반이었죠. '이네 라이징'이라는 벤처회사를 차렸더라고요."

"젊은 나이에 사장님이었군."

"싱글 라이프를 신나게 즐겼나 봐요. 이웃 주민들 말로는 여러 여자가 드나들었다고 하더라고요."

"그런 화려한 싱글이 왜 고독사했지? 여러 여자를 만났다면 연락이 끊긴 시점에 누군가 맨션으로 찾아왔을 거 아니야."

"여러 여자를 만나는 바람에 더 고립된 겁니다. 이 여자와 함께 있을 때 다른 여자에게 온 전화는 수신 거부했겠죠."

"무슨 그런 놈이 다 있어."

"그런 놈이 오히려 인기 많아요."

"……무슨 세상이 그래."

옆에 앉아 있는 가스미는 분노에 찬 얼굴이었다. 여자가 생각해도 나쁜 남자인 듯했다.

"시신은 어떤 상태였어?"

"스튜였어요. 스튜."

이오키베도, 그리고 아마 가스미도 스튜가 의미하는 상

태를 이해했다.

"욕실에서 발견됐다고 했지."

"목욕하다가 사망한 것 같은데 혼자 사는 데다 욕조에 받은 물을 데우는 기능이 설정되어 있었어요. 더 이상 설명은 필요 없죠?"

아무에게도 발견되지 않은 채 목욕 중 급사했고, 목욕물은 데우기 기능 때문에 온도가 계속 유지됐다. 시신은 뜨거운 물 속에서 급속히 부패하고 육제와 조직이 녹았다. 그렇게 인간 스튜가 된 것이다.

"최신 제품이 아니라서 데우기 기능에 자동 정지 기능이 없던 점이 화근이었습니다. 섭씨 42도의 뜨거운 물에 시신을 일주일 내내 담가 놓으면 어떻게 될까요?"

"남은 것은 뼈뿐인가."

"검시할 수도 없었어요. 뼈에 타박상도 없고 집 문도 잠겨 있던 데다 제삼자가 침입한 흔적도 없는 것으로 보아 히트 쇼크*에 의한 사망으로 판단했죠. 지난달 말에 날씨가 계속 한겨울처럼 추웠잖아요. 한껏 추운 욕실에서 42

---

* 급격한 체온 변화로 혈압이 순식간에 크게 변동하며 실신이나 심근경색, 뇌졸중을 일으키는 질환으로 심하면 사망에 이르기도 한다.

도 뜨거운 물에 들어가자마자 혈압이 요동쳤겠죠."

"이네는 아직 사십 대였잖아. 지병으로 심장질환을 앓았나?"

"고혈압이었다나 봐요. 작년 정기검진 때 의사가 식단 조절도 권고했대요."

"시신은 누가 발견했어?"

"부하직원과 맨션 관리회사 담당자요. 이네는 매일 출근하지 않고 중요할 때마다 지시를 내리는 경영자였어요. 애초에 집을 사무실처럼 사용해서 회의도 온라인으로 진행했다고 해요. 그런데 아무리 전화해도 받지 않고 메일에 답장도 없기에 이상해서 부하 한 명이 맨션으로 찾아왔죠."

"변고를 잘도 눈치챘네."

"전조가 있었거든요."

가즈사는 바로 옆에서 악취를 맡은 듯한 표정을 지었다.

"욕실에 가득 찬 시신이 부패하는 냄새가 배수구를 통해 다른 층으로 퍼지면서 관리회사에 입주민들의 민원이 빗발쳤대요."

과거에 여러 번 들은 이야기였다. 시신이 부패하는 냄새는 하수구 냄새보다도 강렬해서 아주 조금만 풍겨도 매

우 지독하다. 욕실에 설치된 환풍기 겸 빨래건조기를 가
동하면 상황은 훨씬 심각해진다. 배수구를 통해 들어온
부패 냄새가 건조기 밑에 널어놓은 젖은 빨래에 스며들어
상상을 초월하는 냄새가 완성된다. 섬유에 시신 부패 냄
새가 배면 몇 번을 빨든 어떤 탈취제를 사용하든 완전히
제거할 수 없어 결국 폐기해야 한다.

"관리회사 담당자는 이네와 연락이 닿지 않는다는 소
식을 듣자마자 직감했죠. 그렇게 스페어 키를 들고 현장
으로 달려갔다가 이네의 부하와 함께 시신을 발견한 겁니
다."

"검시할 수도 없었다고 했지?"

"육신은 물론 위 내용물까지 녹아 버려서 사망 추정 시
간도 확실치 않아요. 그래도 처음 욕조 물이 끓은 시각이
순간온수기에 기록되어 있어서 10월 27일 오후 8시쯤으
로 추정할 수 있었죠."

"사람이 아니라 기계가 임종을 지킨 죽음인가. 달가운
이야기는 아니군."

가즈사는 동의하듯 고개를 살짝 끄덕였다.

"이네는 가족이 없나?"

"없습니다. 부모님은 오래전에 세상을 떠났어요. 먼 친

척이 있다던데 유골을 인수한 사람은 집주인이었으니까요."

다소 의외였다. 데루코에게 세입자를 가엾게 여기는 마음도 있었다는 말인가. 매매 가격을 고집하는 모습에서는 그런 면을 느낄 수 없었는데 이오키베의 사람 보는 눈이 미숙한 탓이겠지.

신주쿠 경찰서 정문을 나설 때 가스미의 얼굴은 우울했다.

"욕조에서 죽었다는 말을 들으니 심란해?"

"욕실 건은 전에도 경험한 적 있지만 욕조에서 사망한 건은 처음이에요. 아까 형사님 이야기만 듣고 상상해도 좀……."

하긴 인간 스튜라는 단어는 원하지 않아도 상상력을 자극한다. 자신들처럼 특수청소를 생업으로 삼는 자들이라면 일반인보다 생생하게 떠올릴 수 있어서 더욱 그랬다.

시신은 경찰이 정리했으니 문제없으리라는 생각은 실제로 사망 현장이 된 집을 본 적 없는 문외한들이 모르고하는 소리다. 시신이 없다고 다 평온하지도 않고 욕실이라고 무엇이든 다 흘러 내려가지도 않는다. 아니, 이오키베의 경험상 가장 비참하고 끔찍한 현장을 꼽자면 욕조에서 사람이 죽은 집이 1, 2위를 다툴 것이다.

특수청소를 할 때는 특히 체액을 다루는 데 유의해야한다. 침투한 체액은 건축재료를 망가뜨린다. 그런 의미에서 시신에서 흘러나온 체액량이 특수청소나 교체 범위를 결정한다.

욕조에서 죽었다는 말은 욕조를 채웠던 물이 전부 체액으로 변했다는 뜻이다. 따라서 청소할 때 처리해야 하는 작업과 교체를 고려해야 할 건축재료가 압도적으로 많아진다. 가스미가 걱정하는 점도 아마 그 부분이리라.

그리고 또 하나, 체액이 많을수록 청소하는 사람에게 달라붙기 쉬워진다. 그러면 단순히 냄새가 배는 문제를 떠나서 감염병에 걸릴 확률이 증가한다.

이오키베는 빈틈없는 사람이다. 거주자가 욕실에서 사망했다는 정보를 입수한 순간 최악의 사태를 가정했기 때문에 만전을 기해 장비를 준비했다. 이제 더 준비해야 할 것은 가스미의 각오뿐이었다.

"고인에게는 실례되는 말이지만 백문이 불여일견이야. 상상만 키우면서 두려워하기보다 현장을 한 번 겪어 보는 편이 훨씬 마음이 편하지."

"정말로 실례되는 말이네요."

가스미는 조금도 웃지 않았다.

"머리를 짧게 자를까 진지하게 고민 중이에요."

"실연이라도 당했어?"

"아니요. 특수청소를 하다 보니 일을 하나 처리할 때마다 머리를 세 번은 감아야 냄새가 안 나서요."

가스미의 말뜻을 이해했다. 법의학교실에 근무하는 지인도 비슷한 말을 한 적이 있다.

시신 냄새는 달리 무엇과도 비교할 수 없는 냄새인 데다 그 어떤 악취보다도 집요하게 들러붙는다. 방호복으로 완전히 무장해도 머리카락은 냄새가 잘 배서 이오키베도 머리를 짧게 깎을까 생각한 적이 있을 정도다. 머리가 긴 가스미라면 더욱 그러하겠지. 문제가 생겨서 체액이 가득 찬 욕조에 손발을 담그는 사태를 상상하면 분명 도망치고 싶으리라.

"가장 간단한 방법은 머리를 삭발하는 거야."

"저한테는 안 어울릴 것 같아요."

"교양 없이 들리겠지만 어떤 장사든 다 리스크가 있어. 월급은 그 리스크에 대한 대가 같은 것이지."

"알아요."

이윽고 두 사람을 태운 차가 니시신주쿠 현장에 도착했다. 구축 맨션이라고는 해도 아직 지은 지 10년 정도 된 건물이라 특별히 낡았다는 느낌은 들지 않았다. 니시신주쿠 역에서도 가까워 이네가 입주한 이유를 알 수 있었다.

12층 건물의 11층, 1105호가 의뢰받은 집이었다. 이렇게 고층 집에서 진행되는 특수청소는 더욱더 다른 주민을 배려해야 했다. 방호복 차림으로 엘리베이터를 타고 오가면 병원균을 퍼뜨릴 수도 있어서 해당 집 앞에서 여러 번 갈아입어야 했다. 도구나 수분 보충용 음료를 미리 옮겨다 놓기도 해야 해서 수고가 들지만 청소하는 직원의 안전과 이웃 주민에 대한 배려를 모두 충족하려면 그렇게 하는 수밖에 없었다.

엘리베이터 안에서는 이사 업체 사람처럼 보이고 집 앞에서는 보건소 직원처럼 보였다. 이오키베와 직원들이 특수청소부라는 사실을 알아보는 사람은 거의 없으리라.

"날씨가 쌀쌀한 계절이라 다행이에요."

방호복을 입은 가스미가 진지하게 말했다.

이번 의뢰는 레벨 C 등급의 플러스알파로 작업한다. 레벨 C의 필수장비는 화학 방호복(부유 분진 및 미스트 방호용 밀폐복), 화학물질 대응 장갑(아우터), 장화, 자급식 공기호흡기, 산소호흡기 또는 방독 마스크지만 이외에도 나일론

원단으로 만든 이너를 껴입어 체액이 피부에 닿지 않도록 이중으로 방어했다.

"여름이었으면 오 분 만에 땀범벅이 되는 완전무장이죠."

"겨울에도 십오 분이면 땀으로 푹 젖을 거야."

"그래도 냄새가 배는 것보다는 훨씬 낫죠."

준비를 마치고 드디어 현장으로 들어갔다. 관리회사에서 빌린 열쇠로 문을 여는 순간 불온한 공기가 뿜어져 나왔다.

실제로는 방독 마스크와 방호복으로 온몸을 감싸고 있으니 냄새도 습기도 온도도 느끼지 못한다. 그러나 이오키베는 불온이라는 말로밖에 표현할 수 없었다. 신앙심이 깊은 편은 아니지만 고독하게 홀로 죽어간 자의 거처에는 분명히 고인의 사념이 남아 있다고 생각한다. 집에 발을 들여놓은 순간 흐리멍덩한 기운이 덮쳐 어깨를 짓눌렀고 금기를 건드린 듯한 죄책감이 발밑에서 피어올랐다.

다행인지 불행인지 시라이는 이런 감각에 둔감한 듯 현장에서 불쾌해 보이기는 해도 겁먹은 표정은 짓지 않았다. 그렇다고 이오키베가 미신을 믿는다는 뜻은 아니었다. 아마도 체질과 경험 때문에 느끼는 감각 같았다.

경시청 수사1과 시절 시신 발견 현장에 들어갈 때부터 느낀 감각이었다. 시신을 옮긴 뒤에도 스산한 기운이 남아 등줄기에 소름이 돋았다. 그곳에 시신이 누워 있었다는 사실을 모를 때도 같은 느낌을 받았으니 결코 기분 탓이 아니었다. 초능력자까지는 아니어도 죽은 자의 한이 서린 사념을 감지하는 능력이 있는 모양이다.

이 능력은 이오키베뿐 아니라 수많은 범행 현장을 돌아다닌 수사관들이라면 많든 적든 있는 것 같았다. 수사1과 동료들과 이야기할 때 비슷한 경험을 했다는 말을 들었기 때문이다.

벤처기업을 창업하고 여러 여성과 사귄 젊은 사장. 타인의 눈에는 화려한 독신으로 보였던 이네는 숨을 거두기 직전 어떤 후회를 하고 어떤 한을 품었을까.

방 세 개짜리 맨션, 남자 혼자 살기에는 넓은 집이다. 생활용품도 모두 고급스러워서 이네의 소득이 높다는 사실이 엿보였다. 바닥에는 검은 액체가 튄 흔적이 직선으로 여기저기 남아 있었다.

"대표님, 이거요."

"경찰이 시신을 밖으로 내간 흔적이야. 그들이 만들어놓은 통행로를 따라 옮겼겠지만 깔끔하지 못했군."

무심코 주변에 시선을 던지니 감식이 채취 작업을 하다가 남긴 흔적이 보였다. 일단 조사해야 할 것들을 조사한 후 사건성이 없다고 판단했나 보다. 쓰레기통은 감식반에서 샅샅이 수거한 듯 내용물이 아무것도 남아 있지 않았다.

"사망한 곳이 욕실이어서 거실이나 침실에는 체액이 침투하지 않은 점이 그나마 다행인가."

"청소 대상이 욕실뿐이라서 둘이서 작업하기로 결정하신 건가요?"

"시라이 군이 다른 의뢰를 혼자서 열심히 처리하고 있기 때문이기도 하지만 말이야."

가스미가 처참한 현장을 경험해보도록 하려는 의도였다는 말은 하지 않았다.

검은 액체의 흔적을 따라가니 아니나 다를까 욕실에 도착했다. 만약을 위해 이오키베는 먼저 세면대 수납장을 열어 전기면도기와 애프터 셰이브 로션, 그밖에 헤어 스타일링 용품과 화장품이 있는지 확인했다.

"실례하겠습니다."

듣는 대상은 없지만 소리 내어 말한 뒤 욕실 문을 열었다.

예상한 대로 참상이 펼쳐졌다.

욕조에 퍼진 체액은 표면이 새까만 젤리 같았다. 시신

이 욕조에서 분해되면서 녹아내린 살과 조직과 장기가 급속히 부패해 변색된 것이다. 감식반에서 시신 일부를 건져냈는지 욕조 주변과 벽에도 검은 액체가 페인트처럼 묻어 있었다.

육안으로 확인할 수 있는 것은 체액뿐이지만 체액에는 당연히 병원균과 각종 해충이 바글거릴 터며 그것들을 남김없이 없애지 않으면 특수청소하는 의미가 없었다.

"우선 오염의 근원부터 제거할까."

이오키베가 백엔숍에서 산 곤충망을 꺼냈다. 욕조 내 액체 표면에 고형물이 떠 있어서 시행착오 결과 곤충망으로 건져내는 방법이 가장 수월한 길이라는 사실을 알게 됐다.

"대표님, 이 고형물은 뭐예요?"

"기름 덩어리."

"기름 덩어리요?"

"시신이 녹으면서 나온 지방이 굳은 거야. 거 왜, 이에케이 라멘*을 보면 돼지기름 같은 게 둥둥 떠 있잖아. 그것과 같은 거야."

말하고 나서 후회했다. 이 말 때문에 가스미는 몇 주 동

★ 요코하마에서 시작된 돼지 뼈 간장 육수를 베이스로 만드는 라멘.

안 이에케이 라멘을 먹을 수 없으리라.

"표면을 덮고 있는 젤리 형태 물질은 뚜껑 역할을 하거든. 건져내자마자 엄청난 냄새가 뿜어져 나올 테니 조심해."

고형물을 건져 올리는 순간 훅하는 소리와 함께 하얀 기체가 새어 나왔다. 방독 마스크를 쓰지 않았다면 그 자리에서 기절했으리라. 건져 낸 고형물은 한 조각도 남기지 않고 플라스틱 양동이에 버렸다. 실수로라도 고형물과 부패물을 흘리면 안 된다. 분리된 피부와 체액과 배설물이 배수구 안쪽에 달라붙어 마르면 하수도관이 막힐 뿐 아니라 악취가 맨션 건물 전체로 퍼지고 만다. 또 하수관 안쪽까지 부패물이 침투하면 제거하기도 어려워서 결국 막대한 비용이 들 수밖에 없다.

"이거 전부 수작업해야 해요?"

"응. 흡입식 분뇨 수거차라도 쓸 수 있으면 좋을 텐데 11층이니까 역시 무리. 양동이로 조금씩 옮기는 방법밖에 없어."

뚜껑이 달린 10리터 용량 플라스틱 양동이로 열 개 준비했다. 이 양동이를 몇 개씩 손수레로 옮기는 방식이었다.

악취는 색도 형체도 없을 텐데 왜인지 부패물이 내뿜는

냄새는 검붉은색처럼 느껴졌다. 금방이라도 방독 마스크를 뚫고 콧속으로 침입할 것만 같은 공포를 지울 수 없었다.

굳은 기름을 제거하자 머리카락 덩어리가 나왔다. 시신이 부패해 두피가 통째로 벗겨졌으니 고인의 헤어스타일이 어땠는지 짐작할 수 있었다. 역시 가스미가 놀란 듯 손놀림을 멈췄다.

잠시 소름 끼치는 감각과 싸우는 듯하더니 마침내 굳게 마음먹은 듯 머리카락 뭉치를 건져냈다.

"사람은 죽으면 이렇게 부품처럼 변하네요."

툭 내뱉은 말이 몹시 애달팠다.

이오키베와 가스미는 부패물을 신중하게 양동이에 옮겼다. 부패한 육체 외에 배설물도 고형화되었는데 이것은 손으로 건져내서 버렸다.

고형물과 부패물을 양동이에 거의 다 옮겨 담은 다음에는 욕조 안쪽을 닦아냈다. 사용한 수건은 작업 후 모두 폐기한다. 다 닦아내면 전용 약품으로 살균과 탈취를 반복한다. 냄새의 근원을 완전히 뿌리 뽑지 않으면 오존 탈취기를 사용해도 의미가 없기 때문이다.

샴푸를 비롯한 선반에 놓여 있는 물건들은 남김없이 회수했다. 이런 현장에 있던 물건은 육안으로는 보이지 않아도 대부분 병원균이 가득 묻어 있기 때문이다.

욕조를 비우고 물건을 모두 치우자 가까스로 시신의 흔적을 지울 수 있었다. 마지막으로 욕실 전체를 살균과 탈취하면 첫 번째 단계가 종료된다. 청소가 끝난 욕조를 계속 사용할지 폐기할지는 데루코의 판단에 맡긴다.

두 번째 단계는 청소에 사용한 곤충망과 수건과 부패물을 폐기하는 것이다. 체액이 묻은 폐기물은 모두 감염성 폐기물로 분류되기 때문에 다른 쓰레기와 함께 버릴 수 없다. 전용 용기에 모조리 넣어 뚜껑을 단단히 닫은 후 복도로 운반했다. 이 전용 용기는 쓰레기 처리장으로 싣고 가 지정된 장소에 반입해 용기별로 소각 처분된다. 이렇게까지 철저하게 처리하는 이유는 2차, 3차 감염을 막기 위해서였다. 이는 법으로도 정해져 있다.

두 사람은 일단 전용 용기를 현관에 두고 점점이 남은 검은 액체 방울을 정성스럽게 닦아냈다. 근본이 되는 기둥을 치우면 가지와 잎을 정리하는 일은 수월했다.

이오키베와 가스미는 방독 마스크와 방호복을 벗은 뒤 전용 용기와 함께 파란 천으로 완전히 덮었다. 이렇게 두면 신기하게도 아무도 가까이 다가가지 않았다.

부패물을 담은 양동이와 전용 용기를 운반하느라 네 번

왕복했더니 가스미도 녹초가 됐다.

"역시 피곤하지?"

"몸은 그렇게 힘들지 않아요."

정신적으로 지친다는 말이다. 확실히 지금까지 처리한 현장에서는 듣도 보도 못한 내용을 언급했으니 당연히 마음이 피폐해질 만도 했다.

"솔직히 욕실에 들어가는 순간 토할 뻔했어요. 필사적으로 참았지만요."

"참았으면 대단한 거야."

결코 헛수고는 아니라고 믿고 싶었다. 그렇지 않으면 가스미를 데리고 온 의미가 없지 않은가.

"그건 그렇고, 이번에는 욕실 특수 청소가 중점이었지만 그밖에 다른 방을 보고 묘하다고 생각한 점은 없어?"

"묘하다고 해야 하나, 마음에 걸린 점이 몇 가지 있어요."

"그게 뭐지?"

"대표님도 보셨겠지만 세면대 수납장에 놓인 헤어 스타일링 용품 사이에 화장품이 몇 개 섞여 있더라고요. 여성용 화장품이었죠."

그 점은 이오키베도 알았다.

"부엌을 지나갈 때 찬장 옆에 조미료가 나란히 놓여 있었는데 그중에 발사믹 식초와 시나몬 슈거가 있었어요."

"그게 이상한가?"

"그런 독특한 조미료는 요리를 즐기는 사람들이 쓸 만한 아이템이죠. 하지만 부엌 구석에는 빈 야키소바 컵라면 상자가 있었어요. 분명 이 집에 살던 사람이 박스로 샀을 텐데 요리를 즐기는 사람이 과연 야키소바 컵라면을 박스째 살까요?"

"확실히 모순되기는 해. 그래서 가스미 씨는 어떤 결론을 내렸어?"

"결론이랄 것도 없죠. 여자관계가 복잡했다면 상황이 이해가 가요. 사망자 본인은 요리 같은 건 전혀 안 하는 사람이지만 사귀던 여자 중에 요리를 좋아하는 사람이 있었겠죠. 화장품도 마찬가지예요. 집에 묵는 날이 많을수록 자연히 여성용 세안용품 등도 늘어나죠. 경찰이 압수했을지도 모르지만 분명 세안용품 중에 여성용도 있을 거예요."

"상황이 이해가 간다면서 어디가 마음에 걸린다는 거야?"

"어딘가 조화롭지 못하다는 느낌이 들어서요."

가스미는 생각을 표현할 적당한 말을 이리저리 찾는 듯했다.

"고인이 여러 다리를 걸치던 사실을 여자들에게 털어놓았을까요? 화장품도 그렇고 독특한 조미료도 그렇고 숨겼다고 하기에도 드러냈다고 하기에도 어중간한 느낌이거든요. 숨겼다면 전부 눈에 띄지 않는 곳에 감췄을 테고 일부러 드러내려 했다면 다른 여자친구가 남기고 간 옷이나 빗, 사용한 칫솔을 여봐란듯이 놓아뒀을 거예요."

"그래서 가스미 씨는 어떻게 생각했는데?"

"문어 다리를 걸친 주제에 그 사실을 들키면 곤란한 상대가 갑자기 집에 찾아오는 바람에 다른 여자의 흔적이 보이지 않도록 허겁지겁 감추려고 했지만 당황한 나머지 어설프게 숨기고 말았다."

마치 줄거리를 읊는 듯한 어조에 이오키베는 쓴웃음을 지었다.

"통찰력이 뛰어나네. 형사가 돼도 잘하겠어."

"싫어요."

"생각도 안 해보고 단칼에 부정하는구나."

"죽은 사람의 뒤처리를 하는 것만으로도 이렇게나 힘든걸요."

사무실로 돌아온 이오키베는 데루코에게 보낼 청구서를 작성한 뒤 가즈사에게 전화를 걸었다.

"방금 막 그 집 청소를 마쳤어."

—고생하셨습니다.

"욕조 특수청소는 몇 번을 해도 익숙해지지 않네."

—저희도 그래요. 현장에 들어가자마자 토할 뻔한 녀석도 있어요.

"거실과 침실도 감식했지?"

—사고사라고 판단하기 전까지는 보통 그렇게 수사하니까요.

"현장을 보니 수상한 점이 많던데."

—이오키베 씨.

가즈사의 어조에 경계의 빛이 서렸다.

—아까도 말했지만 이오키베 씨는 이제 민간인이에요. 범죄 수사에 관여하지 마세요.

"범죄 수사가 아니라 청소비용 산출에 필요한 정보를 수집하는 거야. 감식이 쓰레기통을 뒤졌지? 사고사라고 의심할 만한 근거가 있었어?"

—그런 게 있었으면 사고사라고 판단하지 않죠. 도대체 우리 서를 어떻게 생각하는 겁니까?

신주쿠 경찰서 관할은 토종 야쿠자는 물론 특수사기 등 신흥 조직범죄집단과 중국 마피아까지 가세해 분쟁이 끊이지 않는 구역이다. 이 때문에 경시청 관내에서도 사건 발생 수가 월등히 많다. 사건성이 없으면 자연히 허술하게 다루게 되는 경향이 있다는 사실을 부정할 수 없었다.

"늘 인력이 부족하니 힘들겠지. 만약 내가 수집한 정보가 신주쿠 경찰서에 도움이 된다면 잘된 일이라고 생각해."

잠시 침묵이 깔렸다. 이오키베의 제안을 저울질하는 기색이었다.

—이오키베 씨, 어디까지 진심입니까?

"적어도 내가 지금껏 경찰에 피해를 준 적은 없을 텐데."

—그건 그렇지만.

경계의 빛이 누그러졌다. 쐐기를 박는다면 지금이다.

"이네 긴지로는 여러 여자를 돌아가며 사귀었다고 하던데. 그건 어디서 나온 정보야?"

—시신을 처음 발견한 이네의 부하직원이 한 말이에요.

"호오, 돈 후안 짓을 하던 게 사내에서도 유명했던 모양이지?"

—아뇨, 이네가 사귀던 여자들이 모두 부하직원이었기 때문이에요. 게다가 시신을 발견한 직원도 그중 한 명이었어요.

이오키베의 입이 떡 벌어졌다.

2

이네의 회사는 신주쿠구 아라키초에 있다. 사무실이 상가 건물에 입주해 있다는 정보는 사전에 들었지만 헤이세이* 초기에 지어진 듯 오래된 건물인 점은 다소 의외였다.

그러나 그런 인상은 7층 사무실에 들어서자 완전히 바뀌었다. 차분한 인테리어와 조용히 흐르는 음악에 처음 방문하는 이오키베도 마음이 편안해졌다. 사무실 자체는 그리 넓지 않았지만 여러모로 고심해서 집기를 배치했는지 협소하게 느껴지지 않았다.

입구에서 가장 가까운 곳에 앉아 있던 직원에게 방문 의도를 알리자 남자는 순간 시선을 내리깔더니 응접실로

---

* 1989년~2019년에 사용된 일본 연호.

안내했다.

몇 분 기다리자 삼십 대로 보이는 여성이 나타났다.

"비서인 하마야 도모미입니다."

전문 비서보다는 단순히 일정 관리만 하는 직원 같아 보였다. 시선을 내리깔고서 좀처럼 이오키베의 얼굴을 보려고 하지 않았다.

"사장님 댁을 청소해 주셔서 정말 감사합니다. 이제 고인도 편히 눈을 감을 수 있겠네요."

'이제'라는 말에서 도모미가 그 집의 참상을 알고 있음을 알 수 있었다.

"하마야 씨가 시신을 처음 발견한 사람이었다고 들었습니다."

단도직입으로 묻자 하마야 도모미는 그때의 광경이 떠올랐는지 불편한 표정을 지었다.

"회사에서 늘 사장님의 도움을 받았으니 분명 그런 인연이 작용했겠죠."

"사적으로도 깊은 인연이 있었습니까?"

순간 도모미가 험악한 눈빛으로 이오키베를 쏘아봤다.

"그건 정말 사적인 이야기인데 '엔드 클리너' 업무와 무슨 관계가 있죠?"

"돌아가신 이네 씨에게 가족은 안 계십니까?"

"네. 부모님은 타계하셨고 외아들이었다고 들었습니다."

"그래서 난감합니다."

이오키베는 참으로 곤란하다는 듯 머리를 긁적였다.

"저희는 특수청소 외에 유품 정리도 맡고 있는데 이네 씨가 남긴 물건을 도대체 어느 분께 전달해야 할지 고심하고 있습니다."

"유품 전달*이요? 이네 사장님은 명품에는 별로 관심 없던 분이셔서 그렇게 비싼 옷은 안 입으셨을 텐데요."

"회사에서는 늘 도움을 받아도 사생활은 별개라고 하지 않았나요? 그렇다면 이네 씨가 어떤 물건을 썼는지도 모를 텐데요."

도모미는 분한 듯 입술을 깨물었다.

"'이네 라이징'이 벤처기업이라는 이야기는 들었는데 구체적으로 어떤 제품을 개발합니까?"

"제품 개발보다는 기획 일을 해요. 최근에는 드론을 활용한 새 광고를 프로듀싱했습니다."

★ 유품을 가족과 지인에게 나눠주어 고인을 추억하는 일본의 장례문화.

"드론을 날릴 때 토지 소유자나 관리자의 허가를 받기 힘들다던데요. 분명 도로교통법의 제재를 받았겠죠?"

"잘 아시네요. 하지만 저희 기획은 이벤트나 콘서트 공연장에서 연출용으로 시험 삼아 드론을 띄우기도 해서 이용 목적이 광범위해요."

도모미의 설명에 따르면 공연장 상공에 드론으로 거대한 고래 모형을 띄우거나 입체 광고물을 대규모로 하늘에 수놓는다고 한다. 확실히 이미 존재하던 드론이라는 기계를 효과적으로 이용한 획기적인 아이디어라는 생각에 감탄했다.

"그 덕분에 회사 실적이 점점 더 좋아지고 경상이익도 매년 갱신하고 있습니다. 물론 이익은 직원들에게 환원하며 기본급도 매년 올라가고 있죠."

"대단하네요."

"사장님이 받는 보수도 당연히 해마다 올랐습니다. 하지만 이네 사장님은 명품이나 집을 사지 않고 오로지 먹고 마시거나 노는 데만 돈을 썼죠."

"그날 벌어 그날 쓴다는 주의였습니까?"

"본인 말로는 뼛속까지 쾌락주의자라더군요."

"그 쾌락주의에 여자관계도 포함되었겠죠?"

"아니라고는 못 하겠네요. 경찰에도 그렇게 말씀드렸으니까요."

"도모미 씨도 이네 씨와 사귀는 사이였죠?"

도모미는 이오키베를 살짝 노려보다가 화를 내며 탄식했다.

"그건 도저히 사귀었다고 말할 수 있는 관계가 아니었어요."

"이네 씨를 좋아하지 않았습니까?"

"그럴 리가요. 강압적인 관계였어요."

한번 입을 열자 점점 감정적으로 변했다.

"비서라는 업무 특성상 사장님과 언제나 같이 있었죠. 벤처기업이라서 그런지 직원 수가 적어서 한 사람이 감당해야 하는 업무가 많아요. 그러다 보니 야근과 휴일 출근이 당연했고 사장님과 함께 있는 시간도 늘어났죠."

"함께 있는 시간이 길어지면 남녀 사이로 발전해도 이상하지 않죠."

"그런 게 아니에요."

도모미는 강하게 말했다.

"저는 사장님의 스트레스를 푸는 도구일 뿐이었어요."

"굉장한 비하 표현이네요."

"비하가 아니라 사실이 그랬어요. 사장이면 거래처와 직원들에게 유능하고 건실한 사람이라는 이미지를 심어 줘야 하죠. 사장님은 실제로 유능했어요. 결코 건실하지는 않았지만."

도모미의 증언이 점점 표독스러워졌다.

"좋은 사람인 척하면 할수록 스트레스가 심해지잖아요."

"그 스트레스가 늘 함께 있는 도모미 씨에게 향했군요."

"사장님이 다른 직원들과도 만나는 사이라는 건 알았어요. 저와 사장님은 달달한 남녀 관계가 아니라 그저 일방적인 갑을 관계였어요. 거래처 접대로 피곤하니 이제 네가 내 기분을 풀어 줄 차례라는 둥 명령을 따르지 않으면 비서직에서 영업직으로 돌려보낸다는 둥."

"그만큼 노골적으로 갑질했다면 거절할 방법이 얼마든지 있었을 텐데요."

"온종일 같이 있다 보면 세상의 상식이나 도덕관념이 점점 무뎌지거든요. 사장님 말이 옳고, 그 말을 거역하는 건 규칙에 어긋나는 일처럼 느껴지죠. 판단력이 멀쩡한 상태면 이상하다고 깨닫겠지만 이 감각은 다른 사람들은 이해하기 좀 어려울 거예요."

"이네 씨 집에 가 본 적 있습니까?"

"야근하다가 막차를 놓쳤을 때마다 갔죠."

"이네 씨의 유품을 받기를 원하십니까?"

도모미는 잠시 생각에 잠겼다가 서서히 고개를 들었다.

"사실 사장님의 유품 따위 받고 싶지 않지만 제게는 받을 권리가 있다고 생각해요. 모순되는 이야기지만."

"모순은 아니라고 생각합니다."

애증과 돈은 별개다. 하지만 굳이 입에 올리지는 않았다.

"이제 신문은 끝났나요?"

"신문이라니 당치도 않습니다. 유품을 어떻게 나눌지 정하기 위한 형식적인 질문이었죠."

"제게 질문했다는 건 다른 여직원들에게도 같은 질문을 할 생각이라는 뜻이겠죠?"

"헤아려 주시니 대단히 감사합니다."

"지금 순서대로 부를게요. 잠시 기다려 주세요."

다음으로 나타난 사람은 이십 대 후반으로 보이는 육감적인 여성이었다.

"처음 뵙겠습니다. 홍보과 이시다 미리입니다."

이시다 미리는 도모미와 달리 인사할 때부터 적극적인

태도였다.

"이네 사장님의 집을 청소해 주셨다면서요. 정말로 감사합니다."

"이 자리에 오시게 된 이유는 알고 계시죠?"

"사장님과 개인적으로 친분이 깊은 사람에게 유품을 수령할 의사가 있는지 확인하는 자리죠. 처음부터 분명히 말씀드리지만 저는 적극적으로 손을 들겠어요."

완벽한 언행일치로 미리는 그 자리에서 손을 들어 보였다.

"애초에 유품이라기보다 위자료라고 생각하니까요."

"위자료라니 무슨 말씀입니까?"

"죽은 상사를 욕하고 싶지 않지만 저는 성희롱을 당했거든요."

갑질 다음은 성희롱인가.

"사장님 평판은 들으셨나요?"

"거래처나 직원에게는 유능하고 건실한 이미지를 심어 주려고 했다고 들었습니다."

"아, 그 이야기 비서인 도모미 씨가 한 말이죠? 하지만 사장님은 유능하지도 건실하지도 않았어요. 직원들에게는 사람 좋은 변태 아저씨로 인기가 많았지만."

"다들 공공연하게 하던 말인가요?"

"사장님을 '긴짱'이라고 부르는 직원이 더 많았어요. 잘난 척하지 않고 서글서글한 성격이라 대부분 좋아했거든요. '긴짱'이라고 불러도 화를 내기는커녕 오히려 좋아했죠."

"직원들이 좋아하던 사장인데 성희롱을 저질렀다고요?"

"'인간은 하반신에도 자아가 있다'라고들 하죠? 홍보 의뢰나 지시를 핑계로 건드렸어요. 아, 이때 '건드렸다'는 건 말 그대로 건드렸다는 뜻이에요."

"미리 씨는 이네 씨와 사귀었다고 들었는데 아니었습니까?"

"사귀던 사이라는 말은 어폐가 있네요. 성희롱의 연장선으로 억지로 사귀었던 거예요."

"저항할 생각은 없으셨습니까?"

"월급이 많기도 했고 평사원은 거부할 수 없는 분위기였어요. 우리 회사는 노동조합이나 직원 상담 창구같이 직원 친화적인 시스템도 없거든요."

불합리한 일을 당한 경험을 폭로하는 미리는 한편으로 정직하기도 했다.

"고소하지 못한 이유가 하나 더 있어요. 사장님과 잠자리하니까 적지 않은 용돈을 주더라고요. 좀 성매매 같지만 아무것도 안 받는 것보다는 낫지 않나 싶었죠."

"화가 나셨겠어요."

"화났죠. 그런데 어쨌든 '긴짱'이니까요. 어딘지 미워할 수 없는 구석이 있는 사람이라 난감했어요. 그래서 이런 내가 유품을 받을 자격이 있다고 생각해요."

"미리 씨는 성희롱당했잖아요."

"성희롱 자체는 끔찍하고 용서할 수 없는 짓이지만 이네 사장님은 거부할 수 없는 매력이 있는 사람이었어요. '영웅호색'이라는 말이 있잖아요. 딱 그런 느낌이랄까요."

미리에게도 성희롱을 조장한 원인이 있다고 비난받을 만한 발언이었다.

"이네 씨 집에서도 몇 번 묵은 것 같던데요."

"일일이 세본 적은 없지만요."

"유품을 전달하는 데 참고하고 싶은데, 집에 값비싼 물건이 있었습니까?"

"으음, 이상할 정도로 명품에 관심 없던 사람이라서요. 시계는 국산품에 양복은 전부 기성복이었고. 아, 벽에 석판화가 걸려 있었는데 그게 꽤 가치 있는 물건일지 모르겠네요."

이네의 집에 값비싼 물건이 있기는 하다. 그러나 석판화는 아니다.

술이었다.

현장 검증한 가즈사에게 들은 정보인데 식당 구석에 있던 가정용 와인셀러에 놓인 와인들은 대부분 어마어마한 고가 와인이었다. 개중에는 한 병에 3백만 엔이나 하는 돔 페리뇽 빈티지 1959도 떡하니 있었다고 한다. 하지만 도모미와 미리는 와인은 언급하지 않았다. 이네가 전혀 알려주지 않은 것일까 아니면 이오키베 앞에서 입을 다문 것일까.

"아무리 좋은 사람이라도 아랫도리는 다르다는 걸 '긴짱'을 보고 배웠어요."

"수업료는 비쌌습니까?"

미리는 잠시 생각에 잠겼다가 천천히 고개를 저었다.

"아직 모르겠어요."

세 번째 여성은 몹시 주눅 든 표정으로 응접실에 들어왔다.

"영업과 야노 다카코입니다. 이네 사장님의 집을 청소해 주셔서 감사합니다."

정중하게 고개를 숙이는 모습이 마치 고인의 가족 같았다.

"사장님의 유품 전달 일로 오셨다고 들었습니다."

"네. 유품을 받을 자격이 된다고 생각하는 분들의 의견을 듣고 참고하려고요."

"의견 참고라……. 사장님은 훌륭한 분이셨다는 것밖에 할 말이 없네요."

"벤처기업가로서 말입니까, 아니면 이네 긴지로라는 사람으로서 말입니까?"

"둘 다요."

한 치도 망설이지 않고 대답했다.

"창업자지만 거만하지 않고 우리 영업과 직원들 한 사람 한 사람에게 부담 없이 말을 걸어 주셨어요. 돈 욕심도 내지 않고 이익이 나면 직원들에게 돌려줬죠."

"그렇군요. 그럼 남자로서는 어땠습니까?"

"사심도 물욕도 없는 멋진 남자였습니다."

아무리 고인이라지만 이렇게까지 무조건 칭찬할 수 있는 이유는 사랑에 눈이 멀었기 때문일까. 같은 상대를 사귀었지만 도모미나 미리와는 상당히 다른 인물평이었다.

"이네 씨와 사귀셨다고 들었습니다."

"사내에서는 공공연한 비밀이었죠. 저 말고 비서인 도

모미 씨나 홍보과의 미리 씨도요."

"여러 사람을 동시에 사귄 남자가 멋지다고요?"

"도모미 씨도 미리 씨도 그저 엔조이 상대였어요. 즐기기만 하는 거라면 몇 명을 만나든 상관없잖아요."

그렇게 생각할 수도 있구나.

이오키베는 문득 심술궂은 질문이 떠올랐다.

"실례지만 다카코 씨 본인은 엔조이 상대가 아니라고 확신하시는 겁니까?"

"저는 그 두 사람과는 달라요."

다카코는 의연하게 말했다. 눈에 콩깍지가 씌어서 착각하는 것이 아니면 좋으련만, 이오키베는 노파심에 생각했다.

"도모미 씨도 미리 씨도 긴짱……, 이네 사장님의 성욕해소 도구 같은 존재였죠. 저와 사장님은 정신적인 유대감이 있는 사이였어요."

매우 확신에 찬 어조로 말해서 몰아붙이기 점점 안쓰러워졌다. 사회에 나간 뒤에도 현실과 망상을 오가는 사람이 있다. 각자 삶의 방식이 다르니 타인이 참견할 수는 없지만 머지않아 현실을 구분하기 어려워지리라는 생각이 들었다.

"본인이 유품을 전달받을 만한 사람이라고 생각하십니

까?"

"사장님은 가족이 없어요. 하지만 지금은 제가 있죠. 제가 가장 가족처럼 가까운 사람이었다고 단언할 수 있습니다. 그러니 당연히 제가 유품을 받아야죠."

"이네 씨가 무슨 약속이라도 했습니까? 예를 들어 결혼을 약속한 증표라든가."

"그건, 아니에요."

다카코는 다시 기가 죽었다.

"딱히 서두르지는 않았거든요. 매주 정해진 요일에 밥을 먹고 집에서 잤어요. 그렇게 계속 데이트하다 보면 언젠가 자연스럽게 그런 분위기가 만들어지리라 생각했죠. 설마 사장님이 그렇게 돌아가실 줄은 상상도 못 했기 때문에 조금 후회돼요."

"유품 전달 건 말입니다만, 뭔가 특정 물건을 생각하고 계십니까?"

"그 사람이 몸에 지녔던 물건이라면 뭐든 상관없어요. 옷이든 반지든 액세서리든."

"그런 것 말고 더 비싼 물건이 있을지도 모르는데요."

"돈으로 바꿀 생각 없어요. 그 사람의 체온을 느낄 수 있는 것이라면 설령 유골이라도 좋아요."

"안타깝지만 유골은 맨션 주인이 인수했습니다."

"정말 안타깝네요. 시신이 발견되고부터 화장할 때까지 정신없이 지나가서 요청할 틈도 없었어요."

새삼 실감한 듯 다카코의 말에 물기가 서렸다.

"긴짱……, 사장님은 홀로 돌아가셨네요."

"경찰은 히트 쇼크로 사망했다고 하더군요. 심장마비 같은 것이라 크게 고통스럽지는 않았을 거예요."

"하지만 혼자였으니 누구의 보살핌도 받지 못했죠. 게다가 죽고 나서 발견될 때까지 계속 욕조 안에 있었다니. 분명 뜨거웠을 거예요. 괴로웠겠죠. 사장님의 마음을 생각하면 가엾고 슬프네요."

얼마 지나지 않아 다카코는 얼굴을 가리고 가느다란 울음소리를 흘렸다.

눈물을 흘리며 슬퍼하는 모습을 지켜보는 데 익숙한 이오키베는 다카코의 머리를 내려다보며 생전의 이네를 상상했다. 사람 좋은 얼굴로 사내 여직원을 마구 건드리고 취미나 투자로 고급 와인을 수집하며 즐거워한 남자. 그야말로 술과 여자로 점철된 나날을 보낸, 본인의 말처럼 뼛속까지 쾌락주의자였던 듯했다. 뜨거운 물에 몸을 담근 채 삶을 마감했다면 그것은 그것대로 남자로서 더없이 행복한 인생 아니었을까.

"저기."

다카코의 목소리에 이오키베는 현실로 돌아왔다.

"가능하면 사장님이 쓰던 휴대폰을 받고 싶은데요. 분명 저와 연락한 기록이 남아 있을 텐데. 사장님을 추억할만한 더할 나위 없는 물건이 될 거예요."

휴대폰이라면 일단 경찰에서 압수한 뒤 사건성이 없다고 판단한 시점에 돌려줬을 터다. 다카코뿐 아니라 다른 여자들과의 연락 기록도 남아 있을 수 있으니 과연 달콤한 추억의 물건이 될지는 아리송했다.

"노력해 보겠습니다."

3

다음 날, 이오키베는 가즈사를 만나러 신주쿠 경찰서에 갔다.

"제가 맡은 사건이 한두 개가 아니거든요."

"알아."

"제 귀중한 시간을 뺏으며 만나자고 하셨으니 필시 경

찰에 도움이 되는 정보겠죠?"

"손해는 안 볼 거야."

이오키베의 대답을 들은 가즈사는 그제야 응접실 의자
에 앉았다.

이오키베는 이네 긴지로의 사내 평판과 세 여성과 사귀
게 된 경위를 설명했다. 그러자 가즈사가 분한 듯 얼굴을
찌푸렸다.

"비서인 하마야 도모미만 조사했습니다. 설마 이네가
갑질과 성희롱까지 했을 줄이야."

"직원 수가 적은 벤처기업은 대가족과 비슷하기도 하니
까. 집안에서 난 잡음이 밖으로 새어 나가기 힘들지."

"하긴. 하지만 그런 사정이 있다고 해도 이네 긴지로의
죽음이 사고사라는 사실은 변하지 않아요."

"글쎄. 과연 그럴까."

"뭐라도 있는 듯 의미심장한 말투로 말하지 마세요."

"딱히 불안하게 할 생각은 아니야. 다만 현장을 봤을 때
느낀 위화감을 도저히 지울 수 없어서."

"어떤 위화감이요?"

"아직 확실하게 말 못 해."

"그러니까 근거가 없다는 말이네요."

"현장을 이리저리 떠돈 수사1과 형사라면 근거는 없어도 마음에 걸리는 게 있을 때가 있잖아. 그런 종류의 위화감이라고 하면 이해가 가려나."

현역 형사인 가즈사는 못마땅한 표정으로 입을 다물었다.

"경찰이 이네의 집에서 압수한 물품 목록을 보고 싶은데."

"그건 또 왜요. 보여주면 우리 서에 무슨 이득이 있습니까?"

"같이 일한 사이니까 내 감이 그리 하찮지 않다는 걸 알잖아."

"그야 그렇지만."

"사고사로 처리된 안건이 뒤늦게 사건성이 있다며 뒤집힌다. 그때, 사전에 의문을 제기했는지에 따라 평가가 갈릴 것 같지 않아?"

"이오키베 씨의 위화감이 빗나갔을 때의 문제점은요?"

"이미 사고사로 처리됐으니 아무도 피해 보는 사람이 없지. 애초에 문제 삼을 놈도 없고."

가즈사는 말없이 나가더니 잠시 후 서류철 하나를 들고 돌아왔다.

"이오키베 씨니까 보여드리는 겁니다."

그러면서 탁자 위에 던져놓았다.

"대외비예요."

"당연하지."

서류철에는 감식 결과와 압수품 목록이 담겨 있었다. 현장에서 이네 긴지로 외에 주인을 알 수 없는 모발과 지문과 족적이 여러 종류 발견됐다. 이네의 집에 머물고 간 여성들의 것이리라.

그러나 욕실에서는 다른 모발이나 체액은 발견되지 않았다. 고인이 히트 쇼크로 사고사했다고 판단하게 된 근거기도 했다.

쓰레기통에서도 눈에 띄는 것은 발견되지 않았다. 드론을 특집으로 실은 과학잡지와 경제지, 야키소바 컵라면 용기와 나무젓가락.

"흔치 않은 조미료를 집에 두고도 컵라면을 박스째 샀어요. 사망자는 요리를 못하지만 만나던 여자들이 했겠죠."

"고인의 핸드폰은 있었어?"

"식탁 위에 있었어요. 잠금이 걸려 있지만 감식이 힘 좀 썼죠. 비밀번호를 풀어서 내용을 확인했습니다. 등록되어 있던 연락처는 주로 거래처와 직원들 이메일 주소였고 연락 기록을 확인해도 수상한 점은 발견되지 않았어요. 비서 하마야 도모미, 홍보과 이시다 미리, 영업과 야노 다카코가 보낸 지극히 개인적인 문자메시지가 있었지만 이것도 이네의 행실을 생각하면 이해할 수 있었죠."

가즈사의 설명을 들으며 압수품 목록을 살폈다.

이상했다.

이네가 그 집에서 살았다면 당연히 있어야 할 것이 목록에 없었다. 몇 번이나 살폈지만 결과는 같았다.

"그 휴대폰, 내용을 확인한 후에는 어떻게 했어?"

"집주인이 가지고 있을 겁니다. 원래는 유족에게 돌려주는데 이네는 가족이 없으니까요. 유골을 받은 사람에게 넘길 수밖에 없었어요."

"이네에 대해 궁금한 점이 있는데. 이름 말이야. 이네는 형제가 없었잖아. 이름을 꼭 그렇게 지으라는 법칙이 있는 건 아니지만 '긴지로'라니 이상하잖아. 보통 '지로'라는 이름은 둘째 아들에게 붙이니까."

"형제가 있었어요."

가즈사가 떫은 표정을 지었다.

"저희도 유골을 인수할 사람을 찾으려고 이네의 호적을 조사했거든요. 그래서 알았죠. 40년이나 지난 옛날이야기지만."

가즈사의 설명은 다음과 같았다.

1980년 6월, 당시 우라와 경찰서에 한 소년의 신고가 접수됐다. 일곱 살 난 형이 누운 채 숨을 쉬지 않는다고 했다.

그런 경우 110번*이 아니라 119번으로 전화하라며 통신지령과에서 안내했지만 일단 가장 가까운 파출소에 연락해 경찰을 출동시켰다. 결과적으로 소년의 신고는 적절했다. 아파트에 쓰러져 있던 이네 게이이치로는 몸이 쇠약해져 사망했기 때문이다. 게다가 온몸에서 무수한 타박상이 발견됐다.

즉시 어머니 이네 기미코와 동거인 사와무라 세이지를 임의동행해 조사했더니 사와무라가 평소 게이이치로를 학대했다는 진술이 나와서 그 자리에서 체포했다. 그리고 어머니인 기미코 역시 사와무라의 폭력을 묵인한 공범으로 체포됐다.

이네 기미코는 싱글맘이었는데 직장에서 알게 된 사와무라와 연인 사이가 되어 1979년부터 동거했다. 그런데 얼마 지나지 않아 사와무라가 게이이치로를 학대하기 시

---

* 우리나라의 112에 해당한다.

작됐다.

갑자기 한집에 살게 된 남자를 아버지라고 부르는 데 거부감을 느꼈던 게이이치로가 반항했기 때문이다. 그리하여 '훈육'이라는 이름의 학대가 시작됐다.

신고자였던 당시 다섯 살 긴지로는 외가에 맡겨졌지만 징역형을 받고 수감된 기미코가 교도소에서 병사하자 결국 천애고아 신세가 됐다. 고등학교를 졸업한 뒤에는 외가를 나와 어떤 삶을 살았는지 확실하지 않았다.

"그 고아였던 아이가 눈에 띄게 두각을 드러내며 벤처 기업을 창업했군."

"외가와도 사이가 나빴을 수 있어요. 먼 친척이 유골 인수를 거부했을 정도니까요."

이네가 술과 여자로 점철된 삶을 좋아한 이유를 알 것 같았다.

다섯 살이라는, 세상을 인식할 나이에 그의 눈에 비친 풍경은 형을 학대하면서도 부끄러운 줄 모르는 가족의 모습이었다. 유일하게 편을 들어줘야 할 어머니마저 학대하는 사람 옆에 서 있었으니 다섯 살이었던 긴지로는 도리가 없었다. 아마 두 사람이 철저하게 입막음했을 테고 경찰에 신고하기까지 상당한 각오가 필요했을 터다.

특수청소부

신고 후 벌어진 일을 생각하면 긴지로가 받은 심리적 고통도 쉽게 짐작할 수 있었다. 그런 유년기를 보냈으니 '가정'에 회의적이고 쾌락을 추구하는 사람으로 자란 것도 이해가 갔다.

"고독하게 살던 남자가 고독하게 죽어간 셈인가."

"왜 그러세요. 너무 감상적인 것 아닙니까?"

"감상에 젖은 거 아니야. 이거, 고마웠어."

서류철을 돌려주며 의례적인 인사를 잊지 않았다.

"이 안건, 어쩌면 뒤집힐지도 몰라."

신주쿠 경찰서를 나선 이오키베는 그 길로 데루코의 집으로 향했다.

"이네 씨의 휴대폰이요? 네, 분명 제가 받았죠."

데루코는 본의 아니게 보관하고 있다는 어투로 말했다.

"이네 씨가 가끔 마리코의 공부를 봐줘서 고마운 마음에 유골은 받았지만 솔직히 휴대폰은 좀 그렇잖아요. 그 사람의 사생활이 전부 들어 있는 것이나 마찬가지니까요. 그렇게 생각하면…… 알잖아요, 좀 그렇죠."

"무슨 말씀인지 이해했습니다. 교우관계뿐 아니라 단골 가게나 취향, 셀카 사진이나 좀 더 날것의 사생활이 저장되어 있으니까요. 그래서 중요한 유품이라고 할 수 있습니다."

이오키베가 이네의 지인 중 유골과 유품을 받고 싶어 하는 사람이 있다는 사실을 알리자 데루코는 안도했다.

"아휴, 그것참 잘됐네요. 유품은 원하는 사람이 받는 게 좋죠."

"내용물은 보셨습니까?"

"그럴 리가요."

데루코는 두 손을 내저으며 부정했다.

"남의 사생활은 관심 없어요. 저 그런 거 싫어해요."

"데루코 씨, 술은 잘 드십니까?"

"아뇨, 전혀요. 옛날부터 감주만 마셔도 취하는 사람이에요, 내가. 술은 입에도 못 대요."

만약 이네가 소장하던 와인이 모두 고가라는 사실을 알리면 데루코는 어떤 반응을 보일까.

휴대폰 외관에는 아무 손상도 없었고 전원도 잘 들어왔다. 이오키베는 가즈사가 알려준 비밀번호를 입력해 휴대폰을 살폈다. 통화 기록과 사진을 확인했지만 가즈사가 말한 대로 예상 가능한 것 외에는 아무것도 나오지 않았다.

"데루코 씨는 이네 씨와 몇 번이나 이야기를 나누셨습

니까?"

"딸의 공부를 봐줄 때 얼굴 마주치면 고맙다는 인사 정도는 했어요."

"사적인 이야기는 나누셨습니까?"

"전혀요. 늘 인사 정도만 했죠."

데루코에게 이네의 대단한 과거를 이야기할 생각은 없다. 고인도 아무리 이미 세상을 떠났다지만 사생활을 침해당하고 싶지 않을 터다.

"그건 그렇고 청소하신 집을 보고 왔어요. 정말 깨끗해졌더라고요. 냄새도 전혀 안 나고. 놀랐어요."

"냄새를 제거했으니까요. 앞으로 환기만 잘해주시면 됩니다."

"집 상태를 보니 충분히 여지가 있을 것 같네요. 정말 감사합니다."

"아뇨, 아직 기뻐하기는 일러요."

"하지만 사고였잖아요."

"아직 단언할 수 없는 부분이 있어서요. 그래서 그 집을 다시 확인하고 싶습니다."

데루코에게 마스터 키를 빌려 이네가 살던 집에 들어갔

다. 특수청소할 때와는 달리 방독 마스크도 쓰지 않고 방호복도 입지 않은 채 집에 들어가니 어딘가 신선했다.

탈취제 냄새가 아직도 남아 있었다. 시신 냄새에 비하면 향수 수준이지만. 비교하는 것 자체가 탈취제에게 실례였다.

이오키베는 현관에 멈춰 서서 분위기를 살폈다. 청소할 때 감지한 꺼림칙한 압력은 어느 정도 줄어들었지만 발걸음을 주저하게 만드는 정도는 남아 있었다. 집을 청소해도 들러붙어 떨어지지 않는 불결한 기운이 여전히 다 지워지지 않았다.

조금만 더 기다려 주시게.

경찰에 압수된 물건만 제외하면 집은 경찰이 현장에 왔을 당시와 같았다. 그렇다면 목표물만 찾으면 이오키베의 위화감도 해소된다. 현관에서 식당, 부엌, 거실, 침실을 돌았다. 마지막에는 바닥을 기며 구석구석 찾았다.

아직 전기가 끊기지 않아 가정용 와인셀러가 조용히 작동하고 있었다. 혹시나 하는 마음에 와인셀러를 뒤졌지만 역시 목표물은 보이지 않았다. 애초에 숨겨둔 것이 아니라 아무렇게나 방치되어 있어야 마땅했다.

그러나 집을 아무리 뒤져도 끝내 찾지 못했다.

점점 혼란스러운 가운데 1층으로 내려갔다가 우편함의 존재를 깨달았다. 우편함은 다이얼식이 아니라 전자잠금식이라 가지고 있던 열쇠로 열었다.

어차피 이네 앞으로 온 우편물은 유품이다. 우편함 뚜껑을 열자 가득 차 있던 우편물이 쏟아져 나왔다.

보낸 사람을 하나하나 확인했다. 사람 이름은 한 명도 없고 대부분 광고 우편물과 청구서와 전단지였다.

하지만 그 우편물 하나가 이오키베의 관심을 강하게 끌었다. 비밀침해죄에 저촉될 우려는 있지만 이오키베는 작심하고 봉투를 뜯어 내용물을 확인했다.

그 순간, 모든 퍼즐 조각이 제자리를 찾았다.

4

며칠 후, 이오키베는 유품 받기를 희망하는 세 사람을 이네의 집으로 불러 모았다.

"이네 긴지로 씨가 남긴 재산의 견적이 나와 알려드립니다. 재산이라고는 하지만 예금과 적금, 자사주는 '이네라이징'과 공동재산 개념입니다. 유품 전달은 이 집에 있는 물품으로 하겠습니다."

하마야 도모미, 이시다 미리, 야노 다카코 세 사람은 동의한다는 얼굴로 고개를 끄덕였다.

"세 분은 이네 씨와 사귀는 사이셨으니 아시겠지만 다시 말씀드리면 우선 옷은 전부 기성복이고 헌 옷 정도 가치입니다. 손목시계, 넥타이핀 같은 액세서리도 마찬가지며 전당포에 가도 헐값밖에 못 받을 겁니다. 다만 휴대폰은 다릅니다. 최신 기종인 데다 사망 당일까지 주고받은 연락 기록이 삭제되지 않은 채 남아 있습니다."

가장 먼저 다카코가 손을 들었다.

"두 분이 원치 않으면 그 휴대폰은 제가 받아도 될까요?"

"다른 분들과 연락한 기록도 당연히 남아 있습니다."

"상관없어요."

"그럼 휴대폰은 다카코 씨에게 전달하겠습니다."

다른 두 사람은 조심스러운 기색으로 집에 있는 물건을 물색하기 시작했다. 익숙한 공간이니 어디에 무엇이 놓여 있는지 확인하는 중일 것이다.

"저기."

도모미가 손을 들었다.

"집에 올 때마다 몇 번이나 사장님한테 물어보려고 했는데 결국 못 물어봤어요. 와인셀러에 있는 와인들은 가치가 어느 정도 되나요?"

"좋은 질문이네요."

"명품이나 재산을 모으는 데는 관심도 없던 남자의 집에서 유일하게 특별한 분위기를 풍기는 존재였으니까요."

"결론부터 말하면 이네 사장님이 수집하던 것들은 모두 고급 와인입니다."

이오키베는 직접 만든 목록을 훑어보며 차례차례 읽었다.

"도멘 꽁프 조르주 드 보귀에, 샤토 라투르 빈티지 1997, 샤토 클리망 빈티지 2001, 샤토 슈발 블랑, 스크리밍 이글 더 플라이트, 샤토 오브리옹 블랑, 샤토 디켐, 가야 가이아&레이, 크뤼그 클로 뒤 메스닐, 샹파뉴 루이 로드레 크리스탈 로제. 아, 여러분. 휴대폰으로 검색하지 마세요."

일제히 휴대폰을 꺼낸 여자들을 이오키베가 저지하며 선언했다.

"물론 고급 와인이라고 해도 가격이 천차만별이라 저렴한 것은 2만 엔, 비싼 것은 3백만 엔이나 한다더군요. 하지만 가격을 알면 분명 서로 차지하려고 난리가 나겠죠. 스스로의 감과 선구안을 믿고 와인을 동등하게 나눠서 가져가세요."

물론 이오키베는 사전에 와인들의 시세를 조사했다. 하지만 이런 상황에서는 침묵이 금이리라.

그때 다카코가 다시 손을 들며 발언 의사를 나타냈다.

"왜 그러시죠, 다카코 씨?"

"이 집 청소 비용이 꽤 많이 들었죠?"

"뭐, 특수청소라고 부를 정도니까요. 살균과 탈취 말고도 여러모로 수고와 시간이 들었습니다."

"총비용이 얼마나 나왔나요?"

"자세히 말씀드리지는 않겠지만 이 집의 보증금보다 많이 나왔을 겁니다."

"그렇다면 이 와인을 판 돈으로 특수청소 비용을 댈 수는 없나요? 애당초 사장님 집을 청소했으니 사장님의 와인을 판 돈으로 메워야 맞는 것 같은데요."

옆에 나란히 있던 도모미와 미리가 쓸데없는 소리 하지 말라는 듯 다카코를 노려봤다.

"다카코 씨의 제안은 지극히 정당하고 감사한 이야기지만 이런 경우 판례가 있어서요. 법원은 임대차 계약서에 의해 임차인은 자살하지 않고 집을 사용해야 할 의무가 있다고 판단했습니다. 즉 자살하면 임차인 의무위반이므로 채무불이행에 근거한 손해배상을 청구할 수 있다고 해석했죠. 하지만 병사를 포함해 자연사할 경우 현장이 임차인의 생활 거점인 이상 노쇠나 사고사는 으레 일어날 수 있는 일이므로 특별한 사유가 없는 한 채무불이행에 근거한 손해배상청구책임을 물을 수 없습니다. 따라서 이네 씨가 스스로 의사를 표명할 수 없는 상황에서 경찰이 사고사라고 판단한 지금, 그의 자산을 처분해 청소비용을 충당하면 법에 저촉된다고 볼 수 있습니다."

"그런가요."

다카코는 아직 납득하지 못한 얼굴이었다.

이오키베의 앞에서 여자들이 와인을 꺼냈다. 총 스물아홉 병 중 도모미와 미리가 열 병씩, 다카코가 아홉 병 가져가기로 합의했다.

도모미와 미리는 기대에 부푼 표정이었다. 그 얼굴이 마치 마권을 움켜쥔 아저씨 같았다.

"설명이 늦었는데 고급 와인들은 온도와 습도에 민감해 철저히 관리해야 합니다. 극단적으로 말하면 와인셀러에서 꺼낸 뒤 수십 분만 지나도 맛이 변한다고 합니다."

세 사람은 서로 얼굴을 마주보더니 자신이 고른 와인을 다시 황급히 와인셀러에 넣었다.

"이 고급 와인들을 잠깐이라도 수중에 두려면 나름대로 보관 방법이 필요하다는 뜻입니다. 물건이 고급일수록 보관하는 데 많은 돈이 든다고 생각하면 됩니다."

그 순간 세 사람은 난감한 듯 머뭇거렸다.

"마지막으로 드릴 말씀이 있습니다. 뭐, 제가 하기에는 외람된 이야기지만 고인의 집을 청소한 인연이라고 해 두죠."

무슨 이야기를 꺼낼까, 세 사람은 이오키베를 주목했다.

"여러분은 생전 이네 사장님에게 성장 이야기나 가정환경에 대해 들은 적이 있습니까? 회사에서 늘 함께 일한 비서님은 어떠십니까?"

"아니요. 창업하고 나서 파란만장했다는 말을 몇 번 들었지만 학창 시절이나 그 이전에 대한 이야기는 못 들었어요. 부모님도 오래전에 돌아가셨다는 것만 압니다."

"고인의 사적인 이야기라서 간략하게 말씀드리면, 이네 긴지로 씨는 어린 시절 마음의 상처를 깊게 받았습니다. 원래라면 상처를 치유해야 할 가정에서 도리어 상처를 받았기 때문에 아마 가정이나 가족이라는 존재에 절망감을 느끼지 않았을까 싶습니다. 불우한 가정에 절망을 느낀 사람은 크게 둘로 나뉘지 않을까요. 자신만은 이상적인 가정을 꾸리려고 노력하는 자. 그리고 결코 가정 따위 꾸리지 않겠다고 다짐하는 자."

"사장님은 후자였다는 말인가요?"

"저는 그렇게 생각합니다, 미리 씨. 가정을 꾸리려면 반드시 이성이 있어야 하죠. 그런데 처음부터 가정을 꾸릴 생각이 없는 사람에게 이성은 그저 자신과 다른 존재일 뿐입니다. 그러다 보니 이성을 대하는 태도가 당연히 난잡하고 속물적이고 무책임해진 겁니다. 능력 있고 누구에게나 다정했던 이네 씨가 갑질이나 성희롱에 무감했던 원인은 의외로 그 때문인 듯합니다."

다카코의 안색이 변했다. 신봉하던 신에게 배신당한 표정이었다.

"본인은 쾌락주의자라던 말은 본심이었겠죠. 인생을 즐기는 방법을 달리 모르기도 했고 알려고 하지도 않았습니다. 물론 각자 삶의 방식이 다르죠. 이네 씨의 인생을 부정할 수 있는 사람은 아무도 없습니다. 이네 씨도 이네 씨 나름대로 만족한 인생이었으리라 생각합니다. 술과 여자를 즐긴 인생. 여러분에게 전달한 와인은 이네 씨의 인생을 상징하는 존재기도 합니다. 얼마 남지 않은 유품이죠. 부디 차분히 맛보셨으면 좋겠습니다."

아마 셋 중 몇 명, 혹은 세 명 모두 고급 와인을 팔 생각이었을 것이다. 요즘은 인터넷에서 개인이 손쉽게 물건을 사고팔 수 있는 시대다. 이네가 남긴 고급 와인들은 분명 순식간에 거래될 것이다. 와인 맛을 아는 애호가의 손에 넘어가거나 단순 투자 목적인 부유층 사이를 오가겠지. 이네 씨가 고급 와인의 어떤 결말을 기대하는지는 이네 본인만 안다.

다만 어떤 결말을 맞이하든 주변인이 이네의 마음과 집착을 모른 채 와인을 처분한다고 생각하니 너무나 안타까웠다. 이는 특수청소를 맡은 사람으로서 최소한의 배려였다.

세 사람이 모여 논의했고 일단 와인을 이오키베에게 맡겨두고 싶다는 의견이 나왔다. 이오키베는 거절할 이유도 없어 승낙했다.

세 사람은 정중하게 인사하고 집을 떠났다. 이오키베는 현관에서 배웅한 뒤 그들이 완전히 떠난 것을 확인한 후 안쪽을 향해 말했다.

"이제 나와도 돼."

식당 옆 세탁실 겸 탈의실에서 모습을 드러낸 사람은

이쿠보 마리코였다.

"오래 서서 듣게 해서 미안해."

"아니요, 아저씨 이야기를 듣고 너무 충격을 받아서요."

"이네 씨가 가족 복이 없었다는 이야기 말이니?"

"그런 이야기는 한 번도 못 들었거든요."

"자기가 먼저 꺼내고 싶은 이야기는 아니니까."

마리코는 잠시 고개를 떨궜다.

"괜찮으시면 이네 아저씨가 어떤 어린 시절을 보냈는지 알려주실 수 있으세요?"

이네의 어머니와 내연남이 아이를 학대한 끝에 죽게 한 사건은 신문에서도 크게 보도되었기 때문에 사생활 침해에 해당하지 않을 것이다. 더구나 마리코는 '이네 라이징'의 직원과는 사정이 조금 달랐다.

이오키베에게 과거 사건을 들은 마리코는 금세 심각한 표정을 지었다.

"지독하네요."

"그러니까 말이야. 부모는 아이를 낳을지 말지 선택할 수 있지만 아이는 부모를 선택할 수 없어. 경제 문제도 문제지만 그보다 더 심한 문제도 있어. 바로 도무지 부모답지 않은 놈들 밑에 태어나는 비극이야. 그래, 아이에게는 비극이라고밖에 할 수 없지. 그 비극과 어떻게 맞서고 어떤 어른이 될지는 그 아이에게 달려 있지만 말이야."

"저더러 그 세 사람의 대화를 들으라고 하신 이유가 뭔 가요?"

"유품 전달 과정을 알았으면 해서. 아무런 설명도 하지 않으면 너도 이해할 수 없을 테니."

"솔직히 저도 이네 아저씨의 유품을 받고 싶었어요."

"마리코, 너는 이미 받았잖니. 이네 씨의 휴대폰을."

"네? 이네 아저씨의 휴대폰은 다카코라는 직원이 받아 갔잖아요."

"그건 업무용 휴대폰이야. 이네 씨는 그것 말고 개인용 휴대폰을 하나 더 썼거든. 그러니 다카코 씨가 가져간 휴대폰에는 너와 주고받은 연락 기록도 없었지."

마리코가 눈을 부릅떴지만 이오키베는 멈추지 않았다.

"이네 씨가 사망 후 발송된 통신사 청구서를 확인하고 서 휴대폰이 두 대라는 사실을 확신했어. 청구서 내역에 는 통신비가 각각 적혀 나오거든. 하지만 현장에서 발견된 휴대폰은 한 대뿐이었지. 그렇다면 나머지 한 대는 어디로 사라졌을까? 아니, 휴대폰만 사라진 게 아니야. 충전기까지 함께 없어졌지. 휴대폰 단말기와 충전기는 한 쌍이나 마찬가지니까 만약 휴대폰이 한 대뿐이었어도 충전기는 반드시 있어야 해. 그런데 그게 왜 안 보일까?"

이오키베가 현장에서 열심히 찾아 헤맨 것은 바로 충전기였다. 스마트폰은 배터리가 빨리 닳기 때문에 가끔 출근하는 이네가 집에 충전기를 두지 않는 이유가 떠오르지 않았다.

"현장 모습도 어딘가 이상했지. 우리 회사 여직원의 말을 빌리면 '문어 다리를 걸친 주제에 그 사실을 들키면 곤란한 상대가 갑자기 집에 찾아오는 바람에 다른 여자의 흔적이 보이지 않도록 허겁지겁 감추려고 했지만 당황한 나머지 어설프게 숨긴 상태'였어. 현장에 방치된 휴대폰은 자동 잠금 설정이 되어 있지 않았어. 이네 씨가 직접 잠갔지. 그 말인즉슨 업무용 휴대폰 속 내용을 보면 안 되는 사람이 집에 찾아왔다는 의미야."

"그 사람이 저란 말인가요?"

"현관은 잠겨 있었어. 현관문을 잠글 수 있는 사람은 열쇠를 가진 사람뿐인데 마스터 키도 스페어 키도 이네 씨가 가지고 있었지. 그렇다면 누군가 열쇠를 복사한 사람이 있다는 뜻이야. 열쇠를 복사할 수 있는 사람은 열쇠 원본을 가지고 있던 집주인이나 그 가족 정도겠지."

마리코는 완전히 입을 다물었다.

"개인용 휴대폰은 어디로 사라졌을까? 욕실 안에는 방수 콘센트가 설치되어 있었어. 이네 씨는 그 콘센트로 충전하면서 휴대폰을 보고 있던 것은 아닐까. 그리고 어떤 순간에 충전 케이블이 통째로 욕조에 빠지면서 과대 전류가 흘러 감전된 거야. 감전되면 피부에 화상이 남지만 시신이 계속 물속에 있었으니 조직과 함께 녹아내려 흔적이 남지 않았지. 누군가 그 자리에 있었다고 해도 문을 잠그고 떠나면 사고사로밖에 보이지 않아."

"증거 있어요?"

"없어."

이오키베는 거침없이 내뱉었다.

"하지만 집에서 고인 외에 주인을 알 수 없는 모발과 지문이 많이 나왔어. 그중 네 것이 나오면 어떻게 변명할 셈이지? 그리고 또. 평소에 사용하는 마스터 키는 시간이 흐르면 변형돼. 제작한 시기에 따라서도 다르지만 복사한 열쇠와도 모양이 조금 달라. 그래서 복사한 열쇠로 문을 따면 열쇠 구멍에 새 흔적이 남지. 그야말로 현미경으로나 확인할 수 있을 정도로 미세한 흠집이지만. 경찰이 조사할 마음만 있다면 금방 알아낼 거다."

두 사람 사이에 침묵이 내려앉았다. 침묵을 먼저 깬 사람은 마리코였다.

"저를 경찰에 넘길 건가요?"

"그건 내 일이 아니야. 나는 그냥 청소 아저씨지. 다만 비밀이라는 놈은 스스로 드러내고 싶어 하는 묘한 성질이 있단다. 입 다물고 묻어 두면 압박감이 심해져서 가슴이 답답해지거든. 그렇게 되기 전에 다 토해내는 게 훨씬 편할 거야."

"회사 여자들과 사귀는 줄은 전혀 몰랐어요."

마리코는 고개를 떨구고 말을 이었다.

"과외 선생님처럼 공부를 가르쳐 줄 때부터 사귀었어요. 그날은 깜짝 놀래 주려고 아무 약속도 하지 않고 찾아갔죠."

"열쇠는 언제 복사했지?"

"이네 아저씨가 집을 빌리기 전부터 마스터 키는 집에서 보관했거든요. 엄마와 싸웠을 때 피난처로 삼으려고 몰래 만들어 뒀죠."

"갑자기 문을 따고 들어가면 어떤 남자든 깜짝 놀랄 거다."

"갑자기 찾아가도 괜찮은 사이였거든요. 그런데 집에

들어간 순간 다른 여자가 자고 간 흔적이 보였어요. 그래서 따져 물었더니 나 말고도 세 다리를 걸치고 있다며 시원하게 자백하지 뭐예요. 화를 냈더니 귀찮다는 듯 휴대폰을 들고 욕실로 들어가 버렸어요. 거기까지는 못 쫓아갈 줄 알았나 봐요."

당시 상황이 떠올랐는지 마리코는 스스로 어깨를 껴안고 떨기 시작했다.

"내가 욕실로 밀고 들어가자 그 사람도 화를 냈어요. 말다툼이 벌어졌는데…… 홧김에 휴대폰이 꽂혀 있던 충전 케이블을 내동댕이쳤죠. 그런데 그게 욕조에 빠지더니……. 순식간이었어요."

나머지 설명은 듣지 않아도 짐작이 갔다. 숨진 이네를 본 마리코는 덜컥 겁이 나서 집을 나왔다. 이네의 시신은 욕조에 설치된 데우기 기능 때문에 계속 뜨거운 물에 담긴 채로 방치됐다가 결국 분해돼 뼈만 남은 것이다.

"저, 어떻게 해야 할까요?"

"스스로 결정해야지. 경찰에 자수하고 싶다면 내가 따라가 주마."

마리코는 두 손으로 자신의 팔을 감싸 안으며 집을 나갔다.

특수청소부

마리코의 뒷모습을 바라보며 이오키베는 마지막 남은 의문을 생각했다.

이네는 왜 다른 여자들과 사귄다는 사실을 마리코에게만은 숨겼을까. 집주인인 데루코에게 알려져 맨션에서 쫓겨날까 봐 걱정했을까?

아니다.

이네의 수입이면 다른 맨션을 찾으면 그만이다.

단 한 가지 정답이 떠올랐다.

이네 나름대로 마리코의 꿈을 깨지 않도록 배려했을지도 모른다. 가족을 믿지 않고 가정을 거부했으며 상당히 비뚤어진 남자지만 아직 고등학생인 마리코에게 현실을 가르쳐주지 않은 이유는 이네의 결벽 때문이었는지도 모른다.

이오키베는 와인셀러를 바라보며 물었다.

자, 이네 씨.

이걸로 만족합니까.

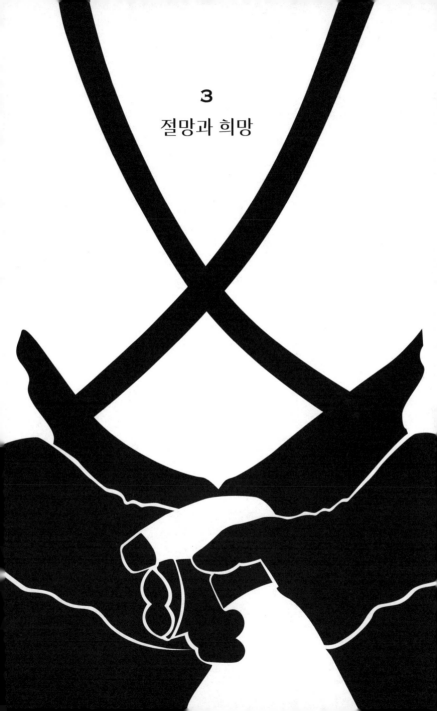

3

절망과 희망

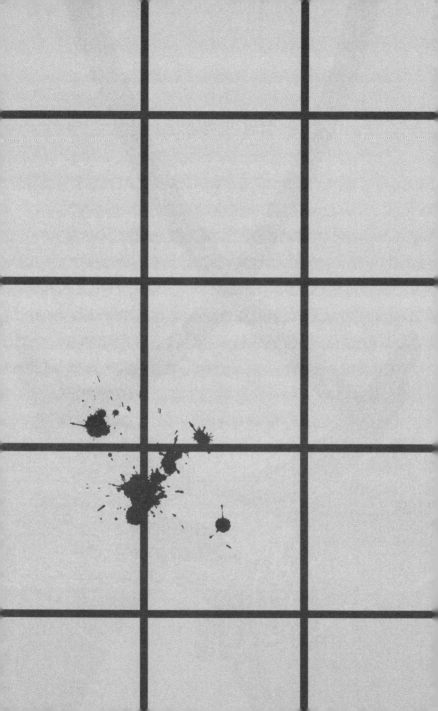

1

부패물과 청소에 사용한 곤충망과 수건을 담은 전용 용기를 내려놓자 근처에 서 있던 쓰레기 처리장 직원이 그것을 싸늘한 눈빛으로 바라봤다.

그 눈빛에 악의는 없다는 것을 알면서도 시라이는 긴장했다. 체액이 묻은 폐기물은 전부 감염성 폐기물로 분류되어 다른 쓰레기와 함께 처리할 수 없다. 전용 용기에 모조리 집어넣고 지정 장소로 보내 통째로 소각할 예정이다. 2차, 3차 감염을 막기 위해 철저히 처리하도록 법으로도 정해져 있다.

"그럼 잘 부탁드립니다."

시라이가 머리 숙여 인사했지만 직원들은 아무 대답도

하지 않고 용기를 소각로 쪽으로 옮기기만 했다. 작업하느라 지쳐서 화낼 기운도 없는 시라이는 원 박스 카로 돌아갔다. 입고 있던 방호복을 벗자 온몸에서 땀이 폭포수처럼 쏟아졌다. 아이스박스에 넣어둔 이온 음료를 단숨에 들이켜고 나서야 마침내 마음이 편해졌다.

5분 정도 쉬고 난 뒤 출발했다. 벌써 해가 저물고 있었다. 이대로 퇴근하고 싶지만 오늘은 특수청소 일정이 한 건 더 있기 때문에 그럴 수도 없었다.

조금만 더 힘내자며 스스로 다독였지만 몸보다 정신에 쌓인 피로 때문에 마음이 지쳤다.

시라이 히로시는 취업 준비를 할 때부터 3D 직종에는 취직하지 않겠다고 굳게 다짐했다. 그런데 처음 근무한 이벤트 기획사가 코로나19 여파로 폐업하는 바람에 서둘러 다른 일자리를 알아봤지만 어떤 업계든 고용시장이 얼어붙어 신규 채용하는 곳이 없었다.

슬슬 집세도 밀려서 무조건 기본급이 높은 구인 정보를 뒤지다가 '엔드 클리너'까지 오게 됐다. 특수청소를 쓰레기 집이나 오염된 집을 청소하는 일 정도로 알던 시라이는 이력서를 들고 면접을 본 뒤 당당히 채용됐다.

하지만 특수청소에 '특수'라는 단어가 붙는 이유는 양

적인 이유보다 질적인 이유 때문이라는 사실을 깨달았다. 부패한 시신이 방치된 집, 혈액을 비롯한 체액이 바닥에 온통 스며들고 온 집 안에 파리와 구더기가 득시글거리는 집을 청소해야 한다는 사실을 알았다면 입사를 망설였을 터다.

실제로 일해 보니 힘들고, 더럽고, 위험한 3D라는 단어는 특수청소를 위해 존재하는 말 아닐까 하는 생각마저 들었다. 방호복과 방독 마스크 차림으로 작업하니 체력이 고갈되고 체액과 배설물이 가득한 현장을 청소하다 보니 감염병에 걸릴 위험에 끊임없이 노출됐다.

첫날에는 구토감을 참지 못해 저녁 식사를 걸렀다.

둘째 날에는 부주의하게 체액을 맨살에 뒤집어쓰는 바람에 피부가 벗겨질 정도로 씻고 소독하는 처지가 됐다.

입사 사흘 만에 일찌감치 이직을 생각했지만 취업 정보 사이트를 훑어본 뒤 마음을 접었다.

일주일 계속 일해 보니 몸에 익었다. 체액과 이상한 냄새는 여전히 익숙해지지 않았지만 기본급이 좋은 일자리란 이런 것이라는 일종의 체념을 체득한 것이다. 힘들고 위험해도 매일 같은 작업을 반복하니 둔감해지는 기분이었다. 무엇보다 하루하루가 너무 바빠서 다른 생각을 할 여유조차 없었다는 것이 솔직한 심정이었다. 월급날에는 생각보다 큰 금액에 놀랐고 보너스가 나왔을 때는 평소 시달리는 3D 작업도 잊을 정도였다.

대표인 이오키베의 인품도 나쁘지 않았다. 당시에는 대표 한 명에 직원 한 명이었기 때문에 거의 둘이서 현장에 들어갔다. 이오키베는 때때로 에도시대 상인들이 혀끝을 말며 활기차게 말하던 사투리를 쓰기도 하지만 의외로 섬세하고 남을 잘 보살피는 사람이었다. 특수청소에 대한 가치관이 일관돼서 시라이에게 동기를 부여하기도 했다.

—특수청소란 사는 곳에 배어 있는 한까지 닦아내는 일이야. 스님처럼 성불시키지는 못하지만 적어도 집에 서린 고인의 넋을 위로할 수 있지 않을까.

집에 서린 넋을 위로한다는 사고방식이 맑고 경건하게 느껴졌다. 높은 월급과 존경할 수 있는 상사의 존재라는 장점이 3D라는 악조건을 능가했다.

그런데 요즘 들어 또다시 악조건에 대한 불만이 고개를 치켜들었다. 지금보다는 수입이 조금 줄어도 조금 더 편한 직업이 있지 않을까 하는 생각이 들었다.

원인 중 하나는 아키히로 가스미의 입사였다. 사람을 잘 챙기는 이오키베의 특기가 발동해 신입인 가스미에게

차근차근 일을 가르친다며 원룸 정도 집은 시라이 한 사람에게 통째로 맡기게 된 것이다.

　—이제 시라이 군에게 맡겨도 괜찮을 것 같아. 눈치도 빠르고 임기응변도 좋으니까. 현장 처리 능력도 뛰어나고.

　후한 평가에 기쁘지 않은 사람은 없으리라. 이오키베의 말에 의욕이 넘쳐 혼자 작업해 보니 확실히 혼자서도 할 만했다. 이후로 한동안 줄곧 단독 작업이 이어졌고 그에 따라 현장 판단력도 늘었지만 그에 비례해 육체 피로도 더욱 쌓였다. 흔히들 '심신'이라고 하는데 몸이 피곤해지면서 정신에도 영향을 끼쳐 점점 피폐해졌다. 주말 휴식만으로는 도무지 회복되지 않을 것 같았다.

　슬슬 이직할 시기일지도 모른다. 그런 생각을 하는 사이 사무실에 도착했다.

　"다녀왔습니다."

　"수고했어."

　이오키베가 인사를 건네자 가스미도 뒤늦게 소리높여 인사했다. 가스미는 전표를 처리하느라 바빠서 시라이를 쳐다볼 여유도 없어 보였다.

　"미안해, 일을 갑자기 두 개 잡아서."

"괜찮습니다. 다음 작업도 원룸이었죠?"

"신코이와에 있는 구축 아파트야. 고인은 이 주 정도 방치됐다는 것 같아."

"거주자는 어떤 사람이었어요?"

이미 시신이 되어 이송된 거주자의 개인 정보에는 관심 없다. 중요한 사항은 성별과 나이였다. 여자보다는 남자가, 노인보다는 젊은 사람이 부패 냄새가 더 심했다.

"스물아홉 살, 독신 남성. 사인은 열사병이라고 들었어. 나이는 시라이 군과 비슷하군."

기분이 찝찝했다. 요즘 젊은 층의 고독사가 증가하는 추세라고 한다. 독신 남성인 시라이에게도 남의 일이 아니었다.

"원룸이고 쓰레기도 별로 안 많대."

"그러면 오늘 중으로 끝낼게요."

"의뢰인에게 최소 이틀은 달라고 했으니 그리 서두르지 않아도 돼. 벌써 5시가 넘었고 오늘은 견적만 내면 되니까."

'내일 할 수 있는 일은 오늘 하지 말자'가 이오키베의 신조지만 이번에는 시라이의 컨디션을 염려해서 그런 지시를 내린 것 같았다. 시라이가 먼저 말하지는 않았지만 그가 지쳤다는 사실을 눈치챈 듯했다.

영리한 상사라고 생각했다. 이직을 고민하는 시기를 노린 것처럼 시라이의 마음을 꿰뚫어 보니 좀처럼 결단을 내리기 힘들었다.

다 사용한 용기를 교환하고 새 방호복을 준비했다. 이것만 있으면 언제라도 현장에 들어갈 수 있다.

"두 번째 작업하러 다녀오겠습니다."

"응, 잘 다녀와."

건네받은 종이 한 장에는 집 주소 외에도 의뢰인의 연락처와 상황 개요가 적혀 있었다. 다시 운전석에 탄 뒤 주소를 확인하기 위해 내용을 훑어봤다.

'가쓰시카구 신코이와 4번가 ○-○'. 신코이와 주변은 조건만 따지지 않으면 월세 5만 엔 정도 하는 저렴한 집을 쉽게 구할 수 있다. 신축 건물이라면 기밀성이 좋아서 특수청소에도 도움이 된다. 의뢰받은 집도 신축이었다면 좋았을 텐데.

요청 내용은 으레 그렇듯 '원상복구'였다. 쓰레기가 많지 않다면 체액이 스며든 부분만 세척하거나 건축자재를 교체하면 되리라.

이 일도 2년이나 하니 대략적인 정보만으로도 청소의

규모가 보였다. 시신 발견 상황이나 집이 어질러진 상태가 특수하다면 특기사항에 반드시 기재된다. 이 의뢰는 역시 시라이 혼자서 처리할 수 있는 작업이었다.

수월하게 처리할 수 있는 일인가.

마음이 편해져 가장 아래 적힌 항목까지 읽다가 평소라면 아무 관심 없었을 내용에 시선이 멈췄다.

거주자명: 가와시마 루이토

중요한 사항은 성별과 나이였다. 거주자의 이름은 없어도 그만이라고, 그리 여겼다.

그런데 시라이의 시선은 그 이름에 못 박힌 듯 고정됐다.

설마.

하지만 가와시마라는 성은 차치하고라도 루이토라는 이름은 흔하지 않다. 물론 동명이인일 수도 있지만 그럴 확률은 낮아 보였다.

기분이 다소 홀가분했던 시라이는 돌연 긴장했다. 어쨌든 의뢰인을 만나 일의 절차를 확인해야 한다. 시라이는 어수선한 마음을 억누르며 차를 출발시켰다.

학창 시절은 모라토리엄 기간이었고 캠퍼스는 성벽으로 둘러싼 치외법권의 지대였다. 그 안에 있으면 따뜻한 물에 몸을 담근 듯 즐거운 기분으로 자유롭게 꿈을 꿀 수 있었다.

시라이는 재학 중에 뮤지션으로 데뷔하는 꿈을 꿨다. 학생 밴드는 흔했고 인디밴드로 활동하다가 정식 가수로 데뷔한 뮤지션들이 주목을 한몸에 받았다.

시라이의 밴드는 같은 대학 재학생 세 명과 다른 학교 재학생 한 명으로 구성된 4인조 그룹이었다. 보컬, 기타, 베이스, 드럼으로 구성했는데 시라이는 드럼 담당이었다. 떠올리기만 해도 부끄럽지만 '미카롱&슈퍼 래디컬 밴드'라고 이름 짓고 학교 축제나 라이브하우스에 참가했다. 보컬의 목소리가 매력적인 덕분인지 웬만큼 인기가 있었기 때문에 시라이는 남몰래 가수 데뷔를 꿈꾸었을 정도였다. 다른 학생처럼 3학년이 되었을 때 매일 대학 취업팀에 들락거리지 않고 자신들의 음악만 생각하면 된다. 데뷔는 취업 그 자체이니 직장인이 된 동기들을 신경 쓰지 않고 자신들의 음악을 만드는 데 매진해야지. 그런 꿈을 꾸었다.

밴드에서 작사 작곡 겸 베이스를 맡았던 멤버가 가와시마 루이토였다.

가와시마는 음악 감각이 뛰어나서 밴드의 리더이기도 했다. 특별히 카리스마가 있는 사람은 아니었지만 냉정한 판단력과 중재를 잘하는 성격은 개성 넘치는 밴드 멤버들을 이끄는 데 안성맞춤이었다.

그런 가와시마가 특수청소를 해야 할 집에 살던 사람이라고 한다. 그러니까 고독하게 세상을 떠났고 보름 동안 발견되지 않았다는 뜻이다.

말도 안 돼.

가와시마 루이토만은 그럴 리가 없다.

분명 착오일 것이다.

불안과 공포를 억누르며 시라이는 의뢰인을 찾아갔다.

의뢰인인 이시이 마키코는 '엔드 클리너'를 몹시 반겼다.

"기다렸어요. 하루가 천년 같았다니까요."

이시이 마키코의 집은 의뢰받은 집과 같은 아파트 단지에 있었다. 흔한 경우였다. 이야기를 들어 보니 부모에게 물려받은 유산이라고 했다.

"아무튼 한시라도 빨리 집을 청소해서 새 세입자를 구하고 싶어요. 사람이 고독사한 집이라서 시세보다 10퍼센트 내려야 한다고 관리회사에서 귀찮게 굴기는 하지만 절대 빈집으로 두고 싶지 않거든요."

활기찬 말투였지만 얼굴에는 속상하고 슬픈 감정도 엿보였다.

"정말로 이틀이면 청소를 끝낼 수 있나요?"

"실제로 현장을 봐야 확실하게 말씀드릴 수 있지만 원룸이라면 보통 그 정도 예상합니다."

"다행이네……."

시라이는 무심하게 집을 둘러봤다. 다소 낡았지만 생활용품도 싸구려가 아니고 생활이 궁핍한 기색은 아니었다.

시라이의 의문을 짐작했는지 마키코가 변명조로 말했다.

"상속받았을 때는 말이에요, 아무 일 안 해도 부동산 수입이 생기니 운이 좋다고 생각했죠. 그런데 실제로 집주인이 되어 보니 매달 관리비니 보수비니 신경 써야 할 점이 한두 가지가 아니지 뭐예요."

마키코가 집 청소를 서두르는 이유는 이해가 갔다. 그래서 가장 확인하고 싶던 질문을 던졌다.

"세입자는 가와시마 루이토라는 남자였죠?"

"네. 전에는 월세를 꼬박꼬박 잘 냈는데 직장에서 해고된 뒤로는 밀렸어요. 열사병에 걸린 이유도 전기가 끊겨에어컨이 작동하지 않아서였나 봐요."

명랑한 어조가 시라이의 가슴을 찔렀다. 죽은 사람이 자신이 아는 가와시마가 맞다면 이보다 더 비참하고 안타까운 죽음은 없었다.

"이 사진을 좀 봐주시겠어요?"

시라이는 자신의 휴대폰을 꺼냈다. 화면에는 단 한 장 남아 있던 지난날 '미카롱&슈퍼 래디컬 밴드'의 단체 사진이 떠 있었다.

마키코는 시라이가 두려워하던 반응을 보였다.

"아, 그래 맞아요. 끝에 기타를 안고 있는 사람이 가와시마 씨예요. 그런데 몇 년 전에 찍은 사진이에요? 꽤 어려 보이네, 학생 때인가?"

이름과 나이, 얼굴까지 일치했다. 사망자는 시라이가 알던 가와시마 루이토가 분명했다.

"특수청소하는 데 필요한 정보라서 여쭙는데, 시신은 어떤 상태로 발견됐습니까?"

"그걸 발견했다고 해야 하나."

마키코는 갑자기 말끝을 흐렸다.

"밀린 월세라도 받으려고 집으로 찾아갔어요. 그런데 인터폰을 눌러도 대답이 없더라고. 집에 없나 싶어서 전기계량기를 확인했더니 꿈쩍도 안 하지 뭐예요. 그래서 이상하다고 생각했지."

"집에 없으면 당연히 전기계량기가 안 움직이는 거 아닙니까?"

"아니죠. 요즘은 어떤 가전제품이든 대기 상태라서 대기 전력을 소비하니 집에 아무도 없어도 계량기가 천천히 움직이거든. 그런데 꿈쩍도 안 하는 건 전기가 끊겼다는 증거죠."

"듣고 보니 그렇네요."

"그래서 현관문에 달린 우편함 틈으로 이름을 부르려고 했죠. 그런데 입을 열기도 전에 어마어마한 악취를 맡은 거예요……. 냄새가 보통이 아니라 사실 맡으면 안 되는 냄새라는 걸 깨달았어요. 그래서 경찰에 신고했죠."

맡으면 안 되는 냄새라는 표현은 공감이 갔다. 시신이 부패하는 냄새는 달리 비유할 수 없는 냄새였다. 동족이 생물에서 정물로 변할 때 나는 냄새. 구토감과 함께 절망과 허무를 떠올리게 하는 냄새였다.

"경찰이 집에 들어가서 숨진 가와시마 씨를 발견했어요. 죽은 지 이 주가 지났고 일부는 백골화됐다더라고요. 그래서 정확하게 말하면 내가 발견한 건 아니에요. 경찰이 발견했지."

"그 후에 어떻게 됐습니까?"

"가쓰시카 경찰서 사람들이 수사한 결과 사건성이 없다고 판단했어요. 그리고 적어놨던 비상 연락처로 부모님께 연락해 시신과 집에 있던 휴대폰과 지갑을 전달했어요. 그게 바로 어제 일이었지."

"휴대폰과 지갑 말고 다른 유품은 어떻게 하셨어요?"

"일단 시신을 화장하는 데 온 정신을 쏟는 바람에 경찰이 들어갔다 나온 뒤로는 아무도 그 집에 안 들어갔어요. 들어갈 수도 없는 상태였고. 그래서 '엔드 클리너'에 유품 정리도 부탁하고 싶어요."

"알겠습니다. 그럼 바로 집을 살펴볼 테니 열쇠 좀 빌려주세요."

"네? 지금 당장요?"

"일단 견적만이라도 내겠습니다."

밖으로 나오자 주변은 완전히 어두워져 있었다. 청소해야 할 집이 있는 아파트의 몇몇 창문에서 빛이 새어 나왔다.

어두워서 다행이었다. 낮에 방호복 차림으로 있으면 어쩔 수 없이 눈에 띄기 때문이다. 게다가 아직 코로나19가 종식되지 않은 마당에 보건소 직원이라고 오해받으면 한바탕 소동을 빚을 것이다.

집은 1층 끝에 있는 105호였다. 시라이는 방호복과 방독마스크를 갖추고 마침내 문제의 집에 발을 들여놓았다.

손전등 불빛만 켠 채 집의 전체 모습을 둘러봤다. 과연 쓰레기는 생각보다 적었다. 도쿄도에서 지정한 45리터 쓰레기봉투 다섯 꾸러미만 현관 옆에 놓여 있었다. 가구도 손대지 않고 그대로 둔 듯 보였다.

문제는 침대였다. 매트리스 한가운데에 사람 모양으로 갈색 얼룩이 나 있었고 침대 밑판까지 흘러내려 고여 있었다. 그리고 웅덩이 주변은 방사형으로 퍼져 있었다.

체액 웅덩이에는 구더기가 무수히 들끓었고 허공에는 안개인가 싶을 정도로 많은 파리가 윙윙 날아다녔다. 마키코가 이 광경을 목격했다면 분명 숨을 쉬기도 전에 곧바로 문을 닫았으리라.

구더기와 파리뿐만이 아니었다. 아직 청소하지 않은 집에는 맨눈으로 보이지 않는 병원균과 해충이 숨어 있다. 시라이처럼 완전히 무장하지 않으면 이 집에 10초도 있지 못한다.

집을 둘러보는데 책장에 눈길이 갔다. 다가가니 서적과 CD 사이에 액자가 세워져 있었다. 액자 속 사진을 본 시라이는 가슴이 미어졌다.

자신도 간직하던 단 한 장 남은 사진, '미카롱&수퍼 래디컬 밴드'의 사진이었다.

세상에서 이 사진을 가진 사람은 밴드 멤버 넷뿐이었다.

너, 진짜 죽은 거야?

갑자기 시야에 물기가 서렸다. 방독 마스크 때문에 손으로 닦을 수 없어 답답했다.

침대 옆 협탁으로 돌아갔더니 또 다른 유품이 보였다.

베이스였다.

조사할 필요도 없었다. 분명 가와시마가 밴드를 결성했을 때부터 사용하던 베이스였다. 베이스 받침대는 군데군데 때가 탔지만 현과 플랫은 구석구석 관리가 잘 되어 있었다.

사진과 베이스만 봐도 오만 감정이 솟구쳤다. 시라이는 냉정하게 판단할 자신이 없어서 서둘러 집을 떠나기로 했다.

이런 마음으로 현장에 있으면 반드시 실수가 나온다.

─특수청소는 평범한 청소가 아니야. 늘 감염병과 함께하는 일이지. 원자력발전소에서 일하는 사람과 같은 집중력과 주의력이 필요해.

이오키베가 입이 닳도록 한 말이 떠올랐다. 장비를 완전히 갖추면 감각이 무뎌지기 쉽지만 분명 위험한 공간에 들어가는 일이었다. 그 사실을 잊어서는 안 된다.

현관문을 열고 재빨리 밖으로 나왔다. 이상한 냄새와 파리를 퍼뜨려 이웃에게 피해를 주지 않으려는 배려도 있었지만 지금은 머뭇거리는 자신을 끊어내려는 행동이기도 했다.

차로 돌아와 방호복을 전용 용기에 넣었다.

집에 머물던 시간은 5분일까, 10분일까. 어쨌든 몸도 마음도 진이 다 빠졌다. 땀으로 젖은 얼굴을 차가운 수건으로 닦아도 가슴에 엉긴 당혹감은 사라지지 않았다.

진정해.

운전 중이잖아.

스스로를 나무라며 전방을 주시했다. 당장은 안전하게 운전해서 일단 회사에 차량을 반납해야 했다.

신중에 신중을 기해 운전한 끝에 드디어 사무실에 도착했다. 열쇠를 반납할 때 이오키베가 시라이의 얼굴을 살폈다.

"무슨 일 있었어? 의뢰받은 집에 무슨 문제라도 있어?"

"아뇨. 견적만 내고 왔으니까요, 문제없었어요."

"혼자 할 수 있겠어?"

역시 눈치가 빠르다며 혀를 내둘렀다. 염려해 주는 마

음은 기뻤지만 이는 시라이 개인의 문제였다.

"괜찮습니다."

"그래. 그럼 부탁해."

끈질기게 파고들지 않는 배려도 고마웠다.

전철을 탄 뒤 걸어가면 시라이의 집이 나왔다. 그 덕분에 충분히 생각에 잠길 수 있었다. 만원 전철은 오히려 고독을 씹기 좋았다.

시라이가 대학에 입학했을 무렵에는 그린(GReeeeN)*이나 플럼풀(flumpool)**, 세카이노 오와리***(SEKAI NO OWARI, 데뷔 당시에는 世界の終わり라고 표기했다) 등이 정식 가수로 데뷔하며 밴드 붐이 제법 일었다. 시라이도 고등학생 때 드럼을 쳤기 때문에 가와시마가 밴드 멤버를 제안했을 때 흔쾌히 합류했다. 시라이보다 먼저 밴드에 들어온 보컬이자 미카롱인 야마구치 미카, 마지막으로 합류한 기타의 마쓰사키 유까지 해서 마침내 밴드가 결성됐다.

보통 밴드들이 그러하듯 '미카롱&슈퍼 래디컬 밴드'도 트리뷰트 밴드로 시작했다. 그런데 인기가 생기면서 가와

---

* 일본의 4인조 보컬그룹.
** 일본의 4인조 밴드.
*** 일본의 4인조 밴드.

시마가 직접 작사 작곡하는 곡이 많아졌다. 보컬 미카롱의 목소리가 밴드 인기에 큰 역할을 했지만 실은 가와시마의 매력적인 자작곡도 한몫했다. 가와시마와 미카롱은 밴드의 쌍두마차였고 시라이와 마쓰사키는 언제라도 대체될 수 있는 멤버였다. 당사자가 그 사실을 모를 리 없으니 밴드의 인기가 높아지면 높아질수록 열등감이 고개를 들었다.

밴드 연습을 하던 날들이 머릿속에 되살아났다. 공연 리허설 때문에 저렴한 스튜디오를 찾아다닌 기억. 악기를 사려고 아르바이트를 여러 개 잡았다가 결국 연습 시간을 내지 못해 본말이 전도된 일. 홍일점인 미카를 둘러싸고 한때 가와시마와 시라이의 사이가 험악해진 일. 지금 생각해 보면 하나같이 젊음이 불러온 일화였다.

밴드 결성이 흔한 이야기라면 해산 과정도 어디에나 있는 이야기였다. 대형 음반사 'KITOO RECORDS'의 계약 제안을 받은 보컬 미카롱은 솔로로 데뷔했고 보컬을 잃은 밴드는 대학 졸업과 함께 공중분해 되는 아픔을 겪었다.

밴드의 중심이었던 가와시마는 음악의 꿈을 접지 못했다. "조만간 다른 밴드를 결성해 정식 데뷔에 도전할 거야". 그렇게 선언한 뒤 시라이와 마쓰사키 앞에서 사라졌다. 마쓰사키는 같은 대학 학생이 아니기도 해서 자연히 사이가 멀어졌다.

시라이도 음악 세계에 미련이 있었다. 그러나 음악에 재능이 없다는 사실을 스스로 깨달았기 때문에 이벤트를 기획하는 사람으로 음악과 관련된 일을 하려고 했다.

이후 솔로 데뷔한 미카는 초창기에는 주목받았지만 인기를 오래 유지하지 못하고 3년도 채 지나지 않아 조용히 묻혔다. 그렇다고 이벤트 기획사가 폐업해 실직한 시라이가 잘난 척하며 말할 수 있는 처지는 아니지만 결국 꿈은 꿈일 뿐이라는 것을 실제로 증명한 사례가 됐다.

그러나 가와시마는 다르다고 생각했다. 목소리만 좋은 평가를 받은 미카나 처음부터 열외였던 시라이와 마쓰사키와는 달리 가와시마에게는 분명히 재능이 있었다. 열등감과 민망함 때문에 연락은 못 했지만 가와시마도 머지않아 음악 업계에 등장할 인물이라고 어렴풋이 생각했다. 그런데 설마 이런 모습으로 떠날 줄은 상상도 못 했다.

전철에서 내려 아파트를 향해 걸었다. 취직하고 나서야 학창 시절의 꿈은 깨어 있는 상태에서 꾸는 꿈이구나 깨달았다. 우물 안에서 도토리 키 재기를 하니 자신의 가능성이 커 보일 뿐이다. 실제로는 먼지 같은 존재였다. 교내에서는 보컬 여신으로 추앙받던 미카도 프로 세계에서는 그 저 그런 사람 중 한 명 아니었던가.

새삼 자신이 못났다는 생각에 혐오감을 느끼며 가와시 마가 보낸 12년 세월을 상상했다. 그가 무엇을 얻고 무엇 을 잃었는지, 그것을 알아내는 일이 자신의 열등감을 해소 하는 행동처럼 느껴졌다.

— 집에는 거주자의 성격과 취향이 드러나지. 정리한 상태를 보면 정신상태를, 쓰레기를 보면 생활 수준을 알 수 있어.

이오키베가 한 말인데 특수청소를 열 건 정도 했을 때 야 비로소 그 의미를 어렴풋이 이해할 수 있었다. 가와시 마가 살던 집도 예외는 아니다. 주인이 사라져도 집에는 그의 발자취가 남아 있다.

시라이는 무슨 일이 있어도 반드시 그것을 알고 싶었다.

2

다음 날 다시 혼자서 가와시마가 살던 아파트로 향했 다. 어제저녁 이오키베가 가스미가 함께 가는 것이 어떻겠냐며 물었지만 역시 완곡히 거절했다.

이것은 내 일이다.

오전 9시, 아파트에 도착했다. 이 시간부터 벌써 햇빛이 강했다. 악취가 퍼지지 않도록 밀폐해 놓은 집의 실내 온도가 얼마나 올라가 있을지 상상도 하기 싫었다.

방호복으로 갈아입고 집으로 들어가기 직전에 몸에 소독제를 뿌렸다.

문을 연 순간 예상대로 습한 열풍 때문에 고글에 김이 서렸다. 고개를 돌리고 싶을 정도로 지독한 열풍이지만 틀림없이 악취는 이보다 더 심할 것이다.

우선 악취의 근원을 없애야 한다. 침대로 다가가니 악취가 색을 띤 것만 같았다. 사람 모양으로 남은 검은 얼룩을 손끝으로 누르니 콜타르 같은 감촉이 느껴졌다. 변색된 체액은 매트리스부터 침대 밑판까지 스며들었다. 당연히 더 이상 쓸모없었다.

시라이는 전기톱으로 체액이 스며든 부분을 잘라내 쓰레기봉투에 넣었다. 매트리스와 밑판 조각만으로 70리터 쓰레기봉투가 점점 차올랐다.

가와시마는 이 침대에 누운 채 열사병으로 숨을 거뒀다. 부패해서 체액이 나오기 전에 땀을 많이 흘렸을 터다.

열사병은 심해지면 체력을 빼앗기다가 의식마저 잃는다. 손에 휴대폰을 들고 있어도 도움을 요청할 수 없다. 죽기 직전 가와시마는 도대체 무슨 생각을 하고 무엇을 후회했을까. 혼자 산 일이었을까, 아니면 전기세를 내지 못한 일이었을까.

거의 한 시간 동안 얼룩진 부분을 제거했지만 침대 헤드보드와 다리, 난간도 병원균 덩어리기 때문에 이 또한 잘라야 했다.

간신히 침대를 해체했지만 체액은 바닥까지 흘러내려 방사형으로 퍼진 상태였다.

체액 웅덩이에는 여전히 무수한 구더기가 우글거렸다. 바로 위에서 살충제를 뿌린 뒤 움직임이 멎자 헤라로 바닥의 체액을 통째로 떼어냈다. 표면 가공을 제대로 하지 않았는지 체액이 바닥재 밑까지 침투했다. 안타깝게도 바닥재를 통째로 교체하는 수밖에 없을 것 같았다.

냉정해지려고 노력했지만 옛 친구의 일부라는 생각이 들 때마다 작업하는 손길이 멈칫했다. 설마 자신이 세상을 떠난 가와시마의 뒤처리를 할 줄은 상상조차 못 했다.

바닥재를 벗겨내고 준비해 온 새 바닥재로 교체했다. 이런 작업을 반복하다 보면 자신이 청소업체가 아니라 건

설업체 직원 같다는 착각이 들었다. 실제로 이오키베는 '특수청소를 일 년만 하면 간단한 집수리 정도는 직접 할 수 있다'라고 말했다. 처음에는 농담으로 치부했지만 지금은 당연한 이야기라고 생각했다.

다행히 체액이 바닥 아래까지 침투하지는 않았다. 시라이는 안도했다. 바닥 밑까지 보수하는 작업은 역시 자신의 능력 밖의 일이었다.

악취의 근원이었던 침대를 해체하고 쓰레기봉투를 모두 밖으로 내놓은 다음에는 해충을 퇴치했다. 파리에 구더기, 그 밖에 눈에 보이지 않을 정도로 작은 벌레를 한꺼번에 죽였다. 살충제를 여러 종류 뿌린 뒤 바닥 틈새에 똑바로 늘어선 번데기를 헤라로 으깨 퍼냈다. 벽도 마찬가지였다. 아주 작은 틈에도 알을 낳으므로 방심할 수 없었다.

벌레를 얼추 없애면 소독제를 뿌린 뒤 쉬다가 마무리로 탈취제를 뿌렸다. 시중에서 판매하는 탈취제는 못 미더워서 '엔드 클리너'에서는 특별 제조한 탈취제를 사용한다. 이오키베가 탈취제 여러 종류를 조합해 만든 일명 '이오키베 스페셜'로 탈취 효과도 지속시간도 시중 판매 제품과는 비교도 되지 않았다.

탈취제를 뿌린 뒤에는 창문을 열어 환기했다. 갇혀 있

던 공기가 하늘로 날아가면 드디어 청소가 끝났다는 기분이 들었다.

일단 차로 돌아가서 방호복을 벗어서 버렸다. 머리며 가슴이며 가릴 것 없이 온몸에서 땀이 폭포처럼 쏟아졌다. 아이스박스에 넣어둔 2리터짜리 이온 음료를 꺼내 단숨에 들이켰다. 이 일을 하기 전까지만 해도 자신이 2리터나 되는 음료를 단번에 들이켤 수 있을 줄은 전혀 몰랐다.

페트병을 비우자 그제야 제정신이 들었다. 시라이는 탈진한 채로 방금 청소한 집을 바라봤다. 원래라면 이 단계에서 특수청소는 끝이다. 청소를 의뢰한 마키코에게 보고하고 열쇠를 반납한 뒤 사무실로 돌아가기만 하면 된다. 그러나 이번에는 지금부터가 시라이의 진정한 일이었다.

환기가 끝난 집을 확인한 뒤 다시 들어갔다. 방호복은 입지 않았지만 마스크를 두 개 겹쳐 쓰고 고글로 얼굴을 보호했다. 냄새의 근원과 해충은 제거했지만 만일의 사태에 대비한 조치였다.

책장으로 다가갔다. 처음 봤을 때는 대충 훑어봤지만 가와시마가 소장하던 잡지와 CD의 내용이 궁금했다.

잡지는 모두 10년도 더 전에 발간된 것들이었다. '음악과 사람', 'MUSIC MAGAZINE', 'MUSICA', 'ROCKIN, ON

JAPAN', 'Rolling Stone Japan'. 시라이가 빠져들어 읽었던 그리운 잡지들이 즐비했다. CD도 마찬가지였다. 십여년 전에 한 시대를 풍미했던 밴드의 데뷔 앨범이 한데 모여 있었다. 그것을 한 장씩 꺼내 감회 젖어 재킷을 바라봤다.

잡지도 CD도 최근 발매 시기가 2015년에 멈춰 있었다. 그 이후에 발매된 것은 한 권도, 한 장도 없었다.

실내를 다시 둘러봤다. 싸구려 책상과 의자. 생활용품이라고 부를 만한 물건은 없었다. 일에 지쳐 돌아와 잠만 자던 공간이라는 느낌만 들었다. 책상에 놓인 노트북도 제법 가치가 있는 물건이었다.

움찔했다.

가와시마가 사용하던 컴퓨터. 그가 검색하고 저장한 것이 모두 남아 있는 물건이다.

가장 중요하고 사적인 물건이라는 것은 알지만 시라이는 도무지 호기심을 억누를 수 없었다. 잘못된 행동이라고 생각하면서도 노트북을 나일론 봉투에 슬며시 넣었다.

"끝났다고요? 다행이네요."

청소가 끝났다고 보고하러 가자 마키코는 반색했다. 추가 비용 없이 견적 금액대로 끝나서 더 기뻐 보였다.

"청소는 끝났지만 유품 정리는 아직이에요."

시라이는 나일론 봉투에 담은 노트북을 들어 보였다.

"집 안을 둘러봤는데 유품이 될 만한 물건은 베이스와 잡지와 CD, 그리고 이 노트북 정도였습니다."

"살림이 꽤 간소했네요."

"일단 이 노트북을 제가 가져가도 되겠습니까? 다른 유품의 존재를 알려 줄 정보가 저장되어 있을지도 몰라서요."

"아, 숨겨둔 돈이나 가상자산 말이죠? 으음, 그런 재산이 있었다면 보통은 좀 더 이것저것 사들이지 않나. 애초에 이렇게 월세가 싼 아파트에 계속 안 살겠죠."

"주의에 주의를 기울여야 하는 일도 있는 법이니까요."

"그럼 잘 조사해 봐요. 나는 그런 거 잘 몰라서."

"그리고 하나 더 여쭐게요. 그 집에 살던 사람의 직장이 어디였는지 아십니까?"

"유품 정리와 관계있어요?"

"부모님이 거부한 물건이라도 직장 동료가 원할 수도 있으니까요."

"미안하지만 가게 이름까지는 모르겠는데. 나는 갈 일 없는 곳이기도 하고."

"무슨 가게였는데요?"

"호스트 클럽."

저도 모르게 기침이 터져 나올 뻔했다.

"호스트 클럽이라면, 저기, 남자가 여자 손님을 접대하는 그곳 말입니까?"

"그것밖에 더 있어요? 처음 입주했을 때 가와시마 씨는 호스트였어요. 본인이 그렇게 소개했으니 기억할 수밖에."

당장은 머리가 받아들이지 못했다.

가와시마는 좋게 말해도 잘생긴 얼굴이 아니었고 오히려 평범하다고 해도 좋았다. 남성 잡지에 나올 법한 모델 같은 몸매도 아니었다. 애초에 촌스러운 남자라는 인상이 강해서 가와시마가 검은 옷을 입고 여자 손님을 접대하는 모습은 상상조차 가지 않았다.

"그 호스트 클럽도 코로나19로 영업이 제한되면서 해고됐고 그 후에 음식점에 재취업했지만 거기도 가게 자체가 폐업하는 바람에……."

"잘 아시네요."

"월세를 밀릴 때마다 변명했거든. 하지만 호스트 클럽도 음식점도 가게 이름까지는 안 물었어요. 꼬치꼬치 캐물어 봤자 쓸 데도 없고."

어쨌든 시라이는 노트북을 들고 현장을 떠났다. 가와시마가 세상을 떠난 흔적은 특수청소로 말끔히 없앴다. 이제 그가 살아온 기록을 발굴할 차례였다. 차로 돌아와 차에 실어 놓은 인버터로 노트북을 부팅했다.

오랫동안 잠들어 있던 기계가 빼꼼히 눈을 떴다. 화면에 에릭 클랩튼의 늠름한 모습이 나타났다. 노트북은 잠긴 상태라 지문을 인증하거나 네 자리 비밀번호를 입력해야 열 수 있었다. 당연히 예상한 일이지만 내심 혀를 찼다.

사무실로 돌아오자마자 이오키베에게 청소 완료를 보고했다.

"오, 고생 많았어. 오늘은 남은 일정이 없으니 어서 퇴근해."

"아뇨, 아직 유품 정리가 남아서요."

시라이는 나일론 봉투에 담긴 노트북을 보여주며 설명했다. 이야기를 듣던 이오키베는 고개를 갸웃했다.

"노트북에 저장된 디지털 유품 확인 말이지? 거기에 주목한 건 나쁘지 않고 유족을 위한 일이기도 하지만 가능성은 한없이 작지 않아?"

"은행 저축과 달리 가상자산은 겉으로 잘 안 드러나니까요."

"아니, 가상자산이든 현금이든 뭐라도 있었으면 전기가 안 끊겼을 거 아니야."

이오키베는 진의를 묻듯 시라이의 얼굴을 살폈다.

"진짜 목적이 뭐야?"

역시 이 남자에게는 숨길 수 없다. 시라이는 큰마음 먹고 입을 열었다.

"집에서 숨진 가와시마라는 사람이 제가 활동했던 밴드 멤버였어요."

"허, 그랬구나. 세상 참 좁군."

이오키베는 온화하고 태평한 분위기로 말했다. 마치 시라이의 곤혹스러운 심정과 분노를 어루만져 주려는 것 같았다.

"옛 친구가 무엇을 남겼는지 무슨 말이 하고 싶었는지 궁금한 거로군."

"전기가 끊긴 집에서 열사병에 걸려 누구에게도 연락하지 못한 채 세상을 떠났다더라고요. 분명 누군가에게 전하고 싶은 말이 있었을 거예요."

"그걸 찾아서 어떻게 할 생각이야?"

시라이는 잠시 생각에 잠겼다가 입을 열었다.

"가능하면 고인의 마음을 존중하고 싶은데……."

"진짜 속내를 말해."

"녀석의 마지막 말을 듣고 싶어요."

"알겠어."

이오키베는 짧게 대답한 뒤 히죽 웃었다.

"그래서 부탁할 게 있잖아. 말해 봐."

"대표님은 경찰 출신이시죠? 이 노트북은 지문 인증이나 비밀번호로 잠겨 있거든요."

"아아. 내 인맥으로 과학수사연구원이나 감식반에 부탁해 노트북을 열려는 속셈이군?"

"어떻게 안 되겠습니까?"

"녀석들과 한담을 나누는 정도라면 몰라도 노트북 잠금을 해제하는 거니까. 아무리 그래도 거긴 국가기관이잖아."

그러면서 이오키베는 책상 서랍을 뒤져 명함 한 장을 꺼냈다.

"여기에 연락해 봐."

명함에는 '우지이에 감정 센터 소장 우지이에 교타로'라고 적혀 있었다.

"얼마 전 의뢰받은 집에서 우연히 만난 사람이야. 나중에 다른 사람에게 물어보니 한때 과학수사연구소에 몸담

았던 사람들이 모여 있어서 어쩌면 본가보다 우수할지도 모른다더군. 이왕 부탁할 거면 민간이 낫잖아."

"사설 업체면 당연히 비용을 내야겠죠."

"그만큼 유품 정리 비용에 추가하면 돼. 정당한 청구야."

"감사합니다."

"그냥 업무 지시인데 뭘. 인사할 틈 있으면 얼른 다녀오도록 해."

시라이는 인사를 하고 사무실을 나왔다.

분쿄구 유시마 1번가는 일대에 도쿄의과치과대학병원, 준텐도대학 의학부 부속 준텐도의원, 도쿄대 의학부 부속 병원이 있어서인지 의료기기 관련 기업이 밀집되어 있었다. 사설 감정 센터 사무실의 입지로는 최적이라고 생각했다.

'우지이에 감정 센터'를 찾아가 이오키베의 이름을 말하자 소장인 우지이에가 곧바로 나왔다.

"'엔드 클리너'에서 의뢰하신다고요. 참, 요전에는 이오키베 대표님께 신세를 졌습니다."

우지이에의 첫인상은 매우 사교적인 사람이었다. 이 친

근함이 이오키베 덕분이라면 역시 그 상사의 친화력은 실로 대단했다.

의뢰 내용을 들은 우지이에는 몇 차례 가볍게 고개를 끄덕였다.

"그러니까 비밀번호를 알아내면 되는군요. 가와시마 루이토라는 사람의 생년월일이나 계정명을 아십니까?"

"아뇨."

"가와시마 씨의 신분증 같은 건 있습니까?"

"생년월일이 적힌 운전면허증도 부모님이 가져가셨습니다."

"힌트가 하나도 없는 상황이군요."

"이런 경우 며칠이나 걸립니까?"

"삼십 분이면 됩니다."

순간 잘못 들은 줄 알았다.

"삭제된 메일이나 인터넷 사용 기록을 복구하는 일이라면 하루는 필요하지만 비밀번호만 해제하는 일이라면 삼십 분이면 됩니다. 기다리시겠어요?"

시라이로서는 달가운 소식이라 센터 구석에서 기다리기로 했다.

우지이에는 시간을 정확하게 지키는 남자답게 딱 삼십

분이 지나자마자 잠금이 해제된 컴퓨터를 안고 연구실에서 나왔다.

"오래 기다리셨습니다."

"도대체 비밀번호가 뭐였습니까?"

"2010이었습니다."

허를 찔린 기분이었다. 깊게 생각할 필요도 없다. 자신들이 밴드를 결성한 연도 아닌가.

"짐작이 가는 숫자입니까?"

"확실히 노트북 주인에게는 중요한 일을 의미하는 숫자였죠. 도와주셔서 감사합니다."

"혹시나 해서 말씀드리면 노트북 주인이 가상자산을 거래한 흔적은 전혀 없었습니다."

가와시마에게 가상자산이 없었다는 사실은 잘 안다. 그가 재산이라고 믿었던 것이 무엇인가를 알고 싶은 것이다.

"제가 열어 봐도 되나요?"

"그게 목적 아니었습니까?"

우지이에에게 노트북을 받아 메일을 열었다. 가장 최근 받은 메일은 약 보름 전, 즉 가와시마가 의식을 잃거나 전기가 끊길 무렵에 온 것이었다.

편지함에 주르륵 뜬 받는 사람을 보고 그들이 같은 업

종의 대표 메일 주소라는 사실을 알았다.

· UK. PROJECT

· TOY'S FACTORY

· GROWING UP

· THINK SYNC INTEGRAL

· 잔쿄 레코드

· BUDDY RECORDS

· KOGA RECORDS

· 스베노아나

· MAGNIPH

· DELICIOUS LABEL

"전부 음반사 같네요."

어깨 너머로 들여다보던 우지이에가 중얼거렸다. 감정인으로서는 뛰어나지만 음악 분야는 잘 모르는 듯했다.

"전부 독립 레이블이에요."

"독립 음반사인가요?"

"어지간한 밴드 마니아나 음악 하는 사람이 아닌 이상 일반인은 잘 모를 겁니다."

시라이는 스멀스멀 올라오는 통증과 함께 생각났다. 아마추어 밴드인 자신들에게 정식 가수 데뷔는 하늘의 별 따기였다. 독립 레이블의 인정을 받는 것이 첫 번째 관문이었는데 당시 시라이의 밴드 수준으로는 문전박대나 당하는 처지였다.

메일 내용을 자세히 보니 가와시마가 첨부한 파일이 있었다. 파일 내용은 열어 볼 필요도 없었다.

"자세한 내용은 돌아가서 확인하겠습니다."

"그게 좋겠네요. 하드디스크 용량으로 보건대 꽤 많은 정보가 저장되어 있을 겁니다."

그럴 만했다. 음악과 동영상을 많이 저장하면 당연히 용량을 많이 차지하니까.

"감사합니다. 비용 청구는 언제 하실 예정입니까?"

"이 정도 작업은 돈 안 받습니다……라고 말하면 멋지겠지만 그러면 이오키베 씨에게 한소리 듣겠죠. 나중에 '엔드 클리너' 앞으로 청구서를 보내겠습니다."

우지이에게 인사한 뒤 센터를 나왔다.

집으로 돌아와 서둘러 목욕하고 옷을 갈아입은 뒤 가와시마의 노트북을 열었다.

파일 제목을 보다가 '데모'라는 이름을 발견했다.

아마 이것 같았다.

파일을 여니 아니나 다를까 스트리밍 데모 음원이었
다. 심지어 PDF 파일에 가사까지 적혀 있었다.

이제는 분명했다.

가와시마는 대학을 졸업한 뒤에도 뮤지션의 꿈을 포기
하지 않았다. 포기하기는커녕 호스트 클럽과 음식점에서
일하면서 줄곧 데모 음원을 만들었다.

시라이가 진작에 버리고 떠난 꿈을 향해 여전히 달려가
고 있었다. 그 사실에 가슴이 뜨거워졌다.

데모 음원 중 하나를 재생했다. 제목은 'change up!'.
인트로부터 박자가 빠른 곡이었는데 가와시마가 즐겁게
연주하는 모습이 눈에 선했다. 학창 시절 만든 곡보다 훨
씬 세련된 느낌이었다. 더 이상 시라이 같은 아마추어 수
준 연주자를 고려하지 않아도 될 만큼 작곡의 폭이 넓어졌
으리라. 그렇게 생각하자 안도감과 열등감이 동시에 피어
올랐다.

두 번째 곡은 'rain heart'. 첫 번째 곡과는 완전히 다른
느린 발라드로 역시 가와시마다운 개성이 넘치는 곡이었
다. 보통 독립 레이블에 데모 음원을 보낼 때는 명함을 대
신할 수 있도록 싱글 곡과 그와 분위기가 조금 다른 보통

템포 곡, 그리고 발라드곡 등 다양한 곡을 모아 제출한다. 발송 기록을 보면 가와시마는 그 관행에 따라 데모 음원을 보냈다.

가상자산 따위와는 비교할 수 없었다.

이것이 훨씬 가와시마다운 값진 유산이었다. 데이터는 압축되어 있는데 틀림없이 가와시마의 정신과 감정이 깃들어 있었다.

몇 곡 연달아 들으니 마치 학창 시절로 돌아간 기분이 들었다. 가와시마가 한 곡 만들 때마다 나머지 세 명이 이러쿵저러쿵 지적하며 연주했다. 가장 신랄했던 사람은 보컬인 미카였는데 당시 가와시마는 작사가 서툴렀기 때문에 미카의 불만이 많았다.

―가사가 말이야, 멜로디랑 안 어울려. 샤우팅이 전혀 안 되잖아. 의미심장하게 만들려다가 오히려 가벼워졌어. 그리고 이 소절은 필요 없어.

―저기, 미카. 그렇게 말할 거면 네가 가사를 써.

―아 그렇게 나오시겠다? 그렇게 불만이면 네가 직접 만들라는 말은 창작자가 절대 하면 안 되는 말이거든.

―미카, 너도 창작자잖아.

―나는 괜찮아.

멤버들끼리 서로 장난쳤고 때로는 다퉈도 금방 화해했다. 매일매일 축제이자 특별한 날이었다. 막연한 불안감은 느꼈지만 왁자지껄하며 날려버릴 수 있는 분위기가 가득했다.

다시는 그런 시간을 보낼 수 없겠지. 데모 음원에 귀를 기울이던 시라이의 눈에 어느새 눈물이 고였다.

폴더에 마흔 곡쯤 담겨 있었다. 전부 가와시마의 개성이 짙게 밴 곡이었는데 처음에 들었던 'change up!'이 가장 인상 깊었다. 인트로부터 후렴까지 질주하는 느낌이 참을 수 없이 짜릿했다. 가와시마가 새롭게 얻은 멜로디였다. 이 곡에는 가사가 없었지만 이런 멜로디라면 인상적인 가사 한두 소절만 붙여도 충분히 상품 가치가 있을 터다.

이만한 곡이면 분명 독립 레이블 어딘가에서 탐을 냈을 텐데. 시라이는 'change up!'이 첨부된 발송 메일을 검색했다.

한 회사만 검색됐다. 그러나 답장을 받은 흔적은 없었다.

이럴 수가.

싱글 곡에 어울리는 훌륭한 데모 음원인데 전혀 상대해주지 않았다는 말인가.

이해할 수 없는 시라이는 노트북을 껐다. 폴더에 담긴 데모 음원은 CD로 구울 수 있었다. 가사도 인쇄해 두면 훌륭한 유품이 완성되리라. 이 유품의 장점은 복제할 수 있다는 점이었다. 가와시마의 부모님뿐 아니라 미카와 마쓰사키, 그리고 시라이도 나눠서 간직할 수 있었다.

우선 뮤지션이 되어 꿈을 이룬 미카에게 가와시마의 유작을 보내줘야겠다고 생각했다.

하지만 시라이는 미카의 메일 주소를 몰랐다. 밴드를 결성할 때 사용하던 주소는 미카가 솔로 데뷔 후 변경했다.

본인에게 직접 연락할 수 없다면 소속사를 통해 전달하면 되겠지.

시라이는 미카가 소속된 'KITOO RECORDS'의 공식 사이트를 검색했다. 본사 주소만 찾아보려고 했는데 홈페이지 배너에 시선을 끄는 글자가 튀어나왔다.

미카롱 5년 만의 신곡 대인기! 축 30만 다운로드 돌파

미카가 오랜만에 신곡을 발표했다는 소식은 금시초문이었다. 최근에는 특수청소 일이 바빠 음악계 소식을 끊고 산 탓도 있었다. 그런데 30만 다운로드라니 엄청난 숫자였다. 소속 음반사가 대인기라고 홍보할 만했다.

신곡 제목은 '깊은 밤에 외쳐라'였다. 곧바로 아이튠즈 스토어에서 노래를 검색해 미리듣기로 재생했다.

그런데 듣자마자 깜짝 놀랐다.

다소 편곡됐지만 인트로부터 1절 내내 'change up!'과 흡사했다.

설마.

불안에 사로잡힌 시라이는 음원을 구입해 처음부터 다시 들었다.

나쁜 예감일수록 적중하는 법이다. 2절부터 후렴, 3절부터 후렴까지 멜로디 흐름이 거의 같았다. 비슷하거나 영감을 받은 수준이 아니었다.

완전히 표절 아닌가.

'깊은 밤에 외쳐라'의 상세 정보를 허겁지겁 검색했다가 아연했다.

작사·작곡 미카롱

시라이는 자신도 모르게 자리에서 일어날 뻔했다. 'change up!'에는 가사가 없었으니 작사가가 미카인 점은 이해가 간다. 그러나 작곡자는 분명 가와시마였다. 곡 크레딧에 가와시마 루이토가 없으면 이것은 분명한 표절이다.

그런데 미카가 어떻게 'change up!'의 데모 음원을 손에 넣었을까. 가와시마가 보낸 데모 음원이 독립 레이블에서 'KITOO RECORDS'로 넘어갔을 수 있겠다는 생각이 들었다.

도대체 무슨 일이 있었던 것일까.

미카는 '깊은 밤에 외쳐라'의 원곡이 가와시마의 작품이라는 사실을 알았을까?

이 사실을 눈치챈 사람은 나뿐인가. 만약 그렇다면 이는 'KITOO RECORDS'와 미카뿐 아니라 음악계가 발칵 뒤집힐 사건이었다.

시라이는 잠자리에 누웠지만 말똥말똥한 눈으로 한숨도 자지 못했다.

3

뜬눈으로 밤을 지새웠지만 그런 이유로 결근할 수는 없다. 시라이는 졸음이 가득한 눈을 비비며 '엔드 클리너'로 향했다.

"시라이 군. 적어도 어젯밤 잘 잔 것 같은 얼굴로 출근하도록 노력 정도는 하라고."

출근한 시라이를 본 이오키베가 기가 막힌다는 표정으로 잔소리를 늘어놓았다. 시라이를 등지고 있는 가스미에게도 그 소리가 들렸을 것이다.

"나름 노력한 건데요."

"너 연기 못 하는 거 알잖아. 알면 죽을힘을 다해야지. 우리 일은 늘 위험과 함께한다고. 잠이 부족한 상태로는 도저히 일을 맡길 수 없어. 그런데 왜 밤을 새운 거야?"

"……유품 정리 때문에요."

시라이는 가와시마가 남긴 것이 데모 음원이라고 설명했다. 하지만 표절 의혹에 대해서는 침묵했다.

"흐음, 압축한 음원 파일이라고. 확실히 고인의 유품으로 가장 적절하겠네. 팔아서 돈으로 바꿀 수도 없고 서로 갖겠다고 분쟁이 일어나지도 않을 테니. 지극히 평화롭게 유품을 나눠줄 수 있겠어."

고개를 끄덕이며 혼잣말하던 이오키베가 문득 깨달은 듯 말했다.

"잠깐만. 저작권 문제는 어떻게 되지? 작곡자가 유명인이 아니어도 저작권이 발생하지 않나?"

밴드를 결성했을 무렵 필요해서 저작권법을 조금 공부한 적 있다.

"네, 무명 작곡가라도 저작자 사후 70년까지 저작권이 인정되고 공표되지 않은 저작물은 창작 시점부터 70년간 보호받을 수 있어요. 다만 개인이나 가정 내 등 한정된 범위 안에서 사용하는 경우 저작권자의 허락 없이 복제할 수 있죠."

"저작물을 사적으로 이용하는 것은 괜찮다는 말이군."

"맞습니다."

하지만 타인이 작곡한 곡을 자신의 저작물로 발표하면 저작권법에 저촉된다. 미카와 'KITOO RECORDS'가 그 사실을 몰랐을 리 없다.

"그럼 유품 정리는 그렇게 진행해. 다음 의뢰로 약속이 잡혔지만 오전 10시부터니까. 그전까지 잠깐 눈을 붙이면 어때."

"그렇게 할게요."

이오키베의 제안을 고맙게 받아들이며 사무실 안쪽에 있는 수면실로 걸음을 옮겼다. 한 평 반 정도 공간에 간이 침대가 놓여 있을 뿐이지만 에어컨도 설치되어 있어 선잠

특수청소부

들기 딱 좋았다.

침대에 누웠다. 여전히 잠이 쏟아졌지만 급하게 연락해야 할 사람이 생각났다.

휴대폰에 저장된 그의 전화번호를 검색했다. 십여 년 만에 나누는 대화였다.

연결음이 네 번째 울렸을 때 상대가 전화를 받았다.

─시라이구나. 엄청 오랜만이네.

마쓰사키의 목소리는 옛날 그대로였다. 조금도 변하지 않았다.

"잘 지냈어?"

─그럭저럭. 그보다 용건이 뭐야? 십 년 만에 전화해서 밑밥 깔면서 하는 말이 종교 믿으라는 이야기면 당장 끊을 거야.

"가와시마 소식 들었어?"

─아니. 너처럼 십 년째 감감무소식이야. 녀석은 잘 지낸대?

"보름 전에 죽었어."

수화기 너머로 숨을 삼키는 소리가 들렸다.

─어쩌다가?

"전기가 끊긴 집에서 열사병에 걸려서."

—……그렇구나.

마쓰사키는 간략한 설명을 듣고 상황을 이해한 듯했다. 시라이도 발견 당시 모습과 집 풍경까지 미주알고주알 말할 생각은 없었다. 말하는 사람도 듣는 사람도 가슴 아플 뿐이었다.

"지금 뭐 하고 지내?"

—남들처럼 지내지. 대학 졸업하고 취직한 회사에 계속 다녀. 미카처럼 그쪽에서 일하지 않아.

"평범하게 회사에 다니는 게 대단한 거야. 마침 미카 이야기가 나와서 말인데 걔 메일 주소 알아?"

—가와시마 소식을 알려주게?

"그렇기도 하지만 유품 전달 이야기도 해야 해서."

—유품은 가족에게만 전달하는 거 아닌가?

"유품이 가와시마가 그동안 만든 데모 음원이거든. 물론 CD로 구워서 부모님께 전달할 거야. 다만 가와시마의 성격을 생각하면 옛 밴드 멤버들에게도 나눠주는 것이 가장 좋을 것 같아서."

—나도 그중 한 명인가.

"당연하지."

—나중에 문자로 주소를 보낼 테니 부탁할게. 그리고

아쉽지만 나도 미카의 메일 주소는 몰라. 걔가 가수 데뷔할 때 바꾸고서 연락이 끊겼거든.

마쓰사키도 같은 상황이었구나. 한 가닥 희망이었는데 아쉬웠다.

—밴드 멤버들에게 나눠주는 방법이 가장 좋을 것 같다고 했지?

"응."

—그러면 '슈퍼 래디컬 밴드'가 해체된 후에 가와시마가 새로 결성한 밴드의 멤버들에게도 연락해야 공평하지 않을까.

눈이 번쩍 뜨이는 기분이었다.

가와시마가 새로 결성한 밴드.

독립 레이블에 보낸 메일은 모두 가와시마 개인의 이름으로 되어 있었고 밴드 이름은 어디에도 적혀 있지 않아서 솔로 활동을 했다고만 생각했다. 그런데 가와시마가 '슈퍼 래디컬 밴드' 이후에도 밴드 활동을 했을 가능성도 무시할 수 없었다.

"가와시마가 활동한 밴드를 알아?"

—아니, 그냥 갑자기 그런 생각이 들어서 말한 것뿐이야. 하지만 노래도 작사도 서툴던 그 녀석이 솔로로 활동

하지는 않았겠지.

"그건 그래."

―도와주고 싶지만 나도 정보가 없어서. 일단 이 건은 네게 다 맡겨도 될까? 도움이 필요하면 언제든 말해.

"오케이."

―고마워.

그 말을 끝으로 전화가 끊어졌다. 감상에 젖은 말은 하지 않고 꼭 필요한 말만 하는 마쓰사키의 성격은 여전했다.

가와시마와 관련된 업무가 늘어나는 바람에 처리해야 할 일들이 점점 더 많아졌다. 그러나 이상하게도 싫지는 않았다.

이왕이면 살아 있을 때 귀찮게 하지 그랬어.

고인에게 미움받을 말을 내뱉으며 시라이는 짧은 잠에 빠져들었다.

젊으니 회복도 빨랐다. 한 시간 선잠을 자고 나니 완전히 기력을 되찾았다.

"다녀오겠습니다."

시라이는 오늘 가스미와 함께 현장으로 향한다.

"좀 의외였어요. 밴드 활동을 했다니."

가스미가 조수석에서 말을 꺼냈다.

"안 어울려요?"

"음악을 할 것처럼 안 보였거든요. 어떤 악기 했어요?"

"드럼이요."

"전문 음악가가 목표예요?"

"대학 때는 그랬죠. 악기를 조금만 다룰 줄 알아도 그런 생각이 들거든요. 재능이 있을지도 모른다, 어쩌면 뮤지션이 될 수 있을지도 모른다는 생각. 홍역 같은 건데, 음악 하는 놈들은 다들 그런 몽상에 빠져요. 그런데 다른 연주가들의 차원이 다른 재능을 목격한 다음에야 겨우 깨닫죠. 나는 기타 현은 퉁길 수 있어도 관객의 심금을 울릴 수는 없구나. 드럼을 두드려도 듣는 사람의 마음을 두드릴 수는 없구나."

"우와, 되게 서정적이네요."

"이 정도 센스로는 본 공연 전에 흥을 돋우는 역할도 못 해요. 모두가 생각하는 것 이상으로 아마추어와 프로의 차이가 크거든요."

말하다 보니 마음속 응어리가 풀어지는 것 같았다. 평범함을 싫어하고 흔한 것을 거부하고 지금과는 다른 무언가가 되고 싶었던 그 시절. 결국은 현실이 무서워서, 불안한 미래를 잊으려고 현실에서 도망쳤을 뿐이다.

문득 떠올랐다. 정식 가수 데뷔가 확정된 미카가 메일 주소를 변경했다는 사실을 알았을 때 실망과 함께 부러운 마음도 들었다. 선택받아 그 세계로 초대된 미카가 질투 나서 견딜 수 없었다.

선택받는 자는 처음부터 신의 축복을 받고 태어난다. 다른 사람은 아무리 노력하고 아무리 눈물을 흘려도 결코 보답받지 못한다. 평범한 일상에 묻혀 수많은 사람 중 한 명이 될 뿐이다.

"아마추어면 안 돼요? 프로가 아니더라도 음악을 즐기면 되잖아요."

"장기나 스포츠라면 몰라도 자신을 표현하는 분야니까. 멤버들끼리 즐기는 것만으로는 부족하죠. 누가 들어주길 원해서 버스킹을 해요. 그런데 관객은 많을수록 좋잖아요? 행인들에게 들려주는 것만으로는 어딘가 아쉬워서 작은 라이브하우스를 빌리게 돼죠. 그래도 만족할 수 없게 되면 CD와 음원을 내고. 최종 목표는 부도칸. 하지만 아마추어면 부도칸*에서 관객을 모아놓고 공연할 수

---

* 도쿄에 있는 경기장으로 일본의 대표적인 공연장 중 하나.

없잖아요."

"하지만."

가스미는 반박하듯 끼어들었다.

"역시 악기를 연주할 줄 아는 사람이 부러워요."

"고마워요."

인사는 했지만 시라이는 악기를 연주할 수 있는 능력이 득이라고 생각하지 않았다. 오히려 자신의 재능의 한계를 똑똑히 알게 하면서 열등감을 심어줬다고 마음속으로 원망할 정도였다.

"나한테는 악기를 연주할 수 있다는 사실만으로도 대단한 사람이에요. 만약 친해진 사람이 악기를 다룰 줄 아는 사람이라면 그 순간 합주를 할 수 있잖아요."

마치 외국에서 몇 안 되는 동포를 만난 듯한 표현이라고 생각하며 쓴웃음을 지었다.

가스미와 둘이서 특수청소 한 건을 마친 후 마키코에게 연락했다.

—가와시마 씨의 부모님에게 연락하고 싶다고요?

"네. 유품을 나누어 받을 사람을 확인하기 위해 고인과 인연이 있는 사람 명단을 만들어야 하거든요."

—부모님이 가와시마 씨의 교우관계를 전부 파악하고

있을 것 같지는 않은데.

"시신과 함께 인수한 휴대폰에 친하게 지낸 사람들의 정보가 저장되어 있을 테니까요."

—아아, 그렇겠네요.

마키코는 아무런 의심도 하지 않았다.

—그럼 그분들께 '엔드 클리너'의 의향을 전한 뒤 연락처를 알려줘도 되는지 물어볼게요. 어때요?

"좋습니다."

마키코는 즉시 움직였고 몇 시간 후에는 가와시마의 본가 연락처를 넘겨줬다.

—연락해도 괜찮대요. 그리고 휴대폰에 대해 설명했더니 유품 전달 때문에 사용하려는 목적이라면 언제든 제공하겠다고 하시더라고요.

"마음이 너그러운 분들이시네요. 유품을 받을 사람이 늘어나면 본인들이 받을 몫이 줄어들 텐데."

—내가 그 마음을 잘 알죠.

마키코의 목소리가 한층 가라앉았다.

"이해하신다고요?"

—나도 같은 부모인걸. 그분들께 직접 물어보면 알 거예요.

마키코와 통화를 마치자마자 전달받은 연락처로 전화를 걸었다. 두 번째 신호음이 울리기도 전에 여성이 전화를 받았다.

—네, 가와시마입니다.

"안녕하세요. '엔드 클리너'의 시라이라고 합니다."

어머니의 이름은 다카요였는데 특수청소와 유품 분배 이야기는 마키코에게 전해 들었다고 했다. 이대로 자신을 소개하지 않은 채 계속 이야기해도 다카요는 정보 수집에 협조할 것이다.

그러나 입을 다물고 있기가 고통스러웠다.

"실은 루이토 씨와 대학 시절 알고 지낸 사이입니다. 같은 밴드 멤버였어요."

—어머나.

다카요가 놀라는 모습이 눈에 선했다.

—대학 시절 친구가 루이토의 집을 청소해 줬다니. 세상 참 좁네요.

"루이토 씨의 휴대폰을 받을 수 있을까요?"

—내일이라도 바로 '엔드 클리너'로 보낼게요.

"저, 한 가지 여쭤보겠습니다. 유품을 전달할 대상이 늘어나면 부모로서 싫지 않으세요?"

─그 아이가 재산이라고 할 만한 건 하나도 남기지 않았으니까요. 유품을 받을 사람이 아무리 늘어나도 분쟁은 없을 거예요.

"그게 아니라 부모님이 받을 유품이 줄어들거든요."

─그렇게 된다면 오히려 기쁘겠네요.

다카요는 진심으로 기쁘게 말했다.

─루이토의 추억을 많은 사람이 간직해 준다는 뜻이잖아요. 엄마로서 이만큼 기쁜 일이 어디 있겠어요.

그렇게 생각하는구나. 마키코도 말했듯 어머니라면 다 같은 마음인가 보다.

그렇다면 가와시마가 작곡했다고 짐작하는 '깊은 밤에 외처라'의 표절 의혹은 아직 알리지 않는 편이 좋으리라. 가와시마의 재능과 애정이 담긴 곡이 다른 사람의 이름으로 30만 건이나 다운로드 됐다. 다카요가 그 사실을 알면 얼마나 분노하며 미카와 'KITOO RECORDS'를 증오할 것인가. 어쩌면 미카의 소속사에 쳐들어가거나 갑자기 소송을 제기할 가능성도 충분했다.

아직이야.

분노도 슬픔도 부모의 권리지만 의혹을 입증하지 않은 채 일을 키우면 가와시마의 부모님에게 불리했다. 심한

특수청소부

경우 상대에게 명예훼손으로 고소당할 수도 있었다. 그것만은 피해야 한다.

"감사합니다. 고인의 뜻에 따라 처리할 수 있도록 정성을 다해 노력하겠습니다."

이틀 후, 다카요가 보낸 우편물이 사무실에 도착했다. 가와시마의 휴대폰과 함께 다카요의 친필 편지가 들어 있었다. 어머니다운 내용이 실린 편지는 세상을 떠난 아들을 향한 애틋하고 그리운 마음이 담겨 있었다.

인사는 생략합니다.

'엔드 클리너' 임직원 여러분, 이번에 신세를 진 가와시마 루이토의 엄마입니다.

집주인 이시이 마키코 씨에게 들은 바로는 집이 대단히 더럽혀진 상태였다더군요. 아들의 책임인 줄은 알지만 폭염 속에서 에어컨도 켜지 못한 채 몽롱한 정신으로 세상을 떠난 아들의 딱한 처지를 양해해 주셨으면 합니다.

요즘 고독사가 늘고 있다더군요. 저희 아들처럼 젊은 사람이 외롭게 세상을 떠나는 일도 드물지 않은 듯합니다. 스무 살이 지나면 어른이라며 어느 정도 방임하다시피 한 것이 한심하고 화가 나 견딜 수 없습니다. 저희 부부는 요즘 회한과 참회를 거듭하는 나날을 보내고 있습니다.

요청하신 휴대폰을 함께 보내드립니다. 저희도 휴대폰에 저장된 내용을 대강 보았습니다만 잘 모르는 분들의 성함과 얼굴만 저장되어 있더군요. 집을 떠나 산 지 십 년이나 지나면 알던 사람이 모르는 사람이 된다는 것은 알았지만 역시 섭섭한 마음을 다소 지울 수 없네요.

끝으로 여러분의 행복을 기원합니다.

그럼 이만 줄이겠습니다.

시라이는 편지를 읽으면서 몇 번이나 울컥했지만 꾹 참고 편지를 접었다.

동봉된 휴대폰은 깨끗하게 닦여 지문 하나 묻어 있지 않았다. 혹시나 하는 마음에 의료용 장갑을 끼고 있던 시라이는 미안한 마음이 들었다.

휴대폰은 잠겨 있지 않아서 금세 열 수 있었다. 동영상과 사진은 거의 저장되어 있지 않았고 직장에서 찍은 듯 보이는 사진은 한 장도 없었다.

생각해 보면 무언가 특별한 일이나 행사가 없으면 직장 동료와 사진을 찍을 기회가 없다. 시라이가 근무하는 '엔드 클리너'도 그렇지 않은가.

다음으로 저장된 전화번호를 확인하니 과거 근무한 호스트 클럽과 음식점 이름이 나왔다. 나중에 연락해야겠다고 생각했다.

그런데 아무리 샅샅이 찾아도 시라이가 찾는 이름은 어디에도 없었다.

미카롱이자 야마구치 미카의 연락처는 끝내 찾지 못했다.

호스트 클럽 '화이트 섀도'는 히가시신주쿠역 근처에 있었다. 가와시마는 예전에 이곳에서 약 2년 동안 근무했다.

영업 시작 전 오후 4시, 매니저인 하뉴 모모카와 사전에 약속을 잡아 만날 수 있었다.

"가와시마 군은 이 년 전까지 일했죠. 본명이 그럴듯해서 가게에서는 '루 군'으로 통했어요."

모모카는 떠올리는 것만으로도 피곤하다는 듯 말했다. 말투가 나른하면 보통 매혹적으로 느껴질 텐데 공교롭게도 모모카는 그저 피곤해 보이기만 했다.

"성실한 아이였는데 매력이 없어서. 지명하는 손님도 적어서 매상 순위도 뒤에서부터 세는 게 더 빨랐죠. '술을 주문하라'라는 그 한마디를 어지간히 못하기도 했고."

학창 시절 가와시마를 떠올리자 이해가 갔다. 내성적이었고 음악 말고는 관심이 없었으며 남에게 부탁도 잘 못하는 성격이었다. 호스트에게 필요한 능력과는 정반대 성향인 사람이었다.

"달리 하고 싶은 일이 있는데 아직 목표건 뭐건 아무것도 세우지 못해서 일단 당장 돈을 벌 수 있는 곳에 취직했겠지. 그게 눈에 뻔히 보였어요."

"냉정하시네요."

"하지만 그게 진실이거든. 손님들은 그렇게 의욕 없는 사람들을 귀신같이 알아본다니까. 그러니까 루 군에게 손님이 붙지 않은 이유는 본인의 외모나 접객 태도보다 그 문제 때문이었어요."

"친하게 지낸 동료는 없었습니까?"

"유품을 원할 만한 사람이 있냐는 뜻이면 전혀 없어요. 연락받고서 당시 일한 직원 모두에게 확인했는데 값나가는 물건 말고는 필요 없다더군요."

너무 신랄한 답변이지만 이렇게까지 노골적으로 말하니 오히려 후련했다.

"그런데 유품은 뭔가요?"

"가와시마 씨가 작곡한 곡을 압축한 파일입니다."

"곡? 오호, 음악을 했구나."

"같이 일하던 분 중에 음악 하는 사람과 어울린 적은 없습니까?"

"없어요."

모모카는 단박에 부정했다.

"NO MUSIC, NO LIFE라면서 휴식 시간에 맨날 이어폰을 꽂고 있는 아이도 있지만 실제로 연주까지 한다는 소리는 못 들었어요. 이래 봬도 직원들 인간관계에 주의를 기울이거든. 루 군이 다른 직원과 신나게 음악 이야기를 하던 모습은 한 번도 본 적이 없어요."

여기는 아니었던 모양이다.

"그만둔 이유는 뭔가요?"

"으음. 단순히 경기가 나빠져서. 알잖아요, 코로나19 때문에 영업시간이 제한돼서 매상이 90퍼센트 줄었거든. 우리는 성과급제라서 기본급이 아주 적거든요. 그래서 지명 순위 하위권 직원들부터 그만뒀지. 루 군은 두 번째였어요."

"코로나만 아니었으면 좋았을 텐데요."

"글쎄요. 코로나가 유행했든 안 했든 루 군은 조만간 그만뒀을 거예요. 도저히 오래 할 일은 아니거든."

다음으로 방문한 곳은 신주쿠 2번가에 있는 6층짜리 상가 건물이었다. 1층에는 '임대 문의' 종이가 붙어 있었다. 그 층이 가와시마가 '화이트 섀도'를 그만둔 뒤 재취업한 음식점 '가지키야'가 남긴 구슬픈 흔적이었다.

엘리베이터를 타고 6층으로 올라갔다. 그곳에 관리사무소가 있었다.

"'가지키야'는 반쯤 취미로 연 가게였어요."

가지키는 반쯤 변명조로 말했다.

"본업은 보시다시피 임대업이거든. 그런데 임대료로 먹고살자니 무료해서 1층에 내 음식점을 차렸죠."

"듣기만 해도 부러운 이야기네요. 건물주에 음식점까지 경영하시다니."

"그렇게 대단한 게 아니에요. 궁상맞은 성격이라 쉬지 않고 몸을 움직이지 않으면 불안해 못 견뎌서 그래요."

"가와시마 씨를 기억하십니까?"

"기억하고말고. 붙임성 있게 웃지는 못했지만 성실한 친구였거든요. 무단결근도 안 하고 이해력도 빨라서 도움이 됐죠. 원래라면 지금도 근무하고 있었을 텐데."

가지키는 안타까워하며 말했다. 가와시마를 좋게 이야

기해줘서 듣는 사람으로서 마음이 편했다.

"우리 가게에 온 건 코로나19 영업 제한이 풀리고 다시 손님이 찾아올 무렵이었어요. 직장을 그만두고 절박했겠지. 면접 자리에서도 필사적이었어요. 그런 사람은 열심히 일하거든. 예상대로였지. 손님을 대하는 요령은 별로였지만 성실해서 단점이 상쇄됐어요. 멀쩡한 직장이라면 어디라도 성실이 최고니까."

가지키는 망연한 얼굴로 고개를 저었다.

"드디어 손님이 돌아왔다고 생각했는데 또 확진자가 폭발했죠. 일본인은 고지식한 건지 겁이 많은 건지 확진자가 증가했다고 뉴스에서 떠들어대기만 하면 나라에서 아무 말 안 해도 알아서 외출과 외식을 삼가더라고. 음식점은 타격이 크지. 가게 문을 열수록 적자만 늘어났어요. 이 일대도 가게들이 연달아 망했어. '가지키야'를 접을 때는 직원들 앞날이 걱정됐지만 나도 더 이상 손해를 감수할 수 없는 상황이었어요. 가와시마 군, 집에 있다가 열사병으로 갔다면서."

"보름 동안 발견되지 않았습니다."

"어쩜 그렇게 안타까운 일이 다 있어."

가지키는 침울한 모습으로 고개를 숙였다. 도무지 연기

같아 보이지 않았다.

"가와시마 씨와 친하게 지내던 직원이 있습니까?"

"아참, 내 정신 좀 봐. 미안해요, 유품 이야기로 왔지. 아뇨, 이래 봬도 직원들을 꼼꼼히 살펴본 편인데 가와시마 군과 특별히 친하게 지낸 사람은 없었어요. 영업이 끝나면 무조건 집으로 직행했으니까. 애초에 가와시마 군이 가게에서 일한 지 얼마 지나지 않아 폐업하게 돼서. 친분을 쌓을 겨를도 없었어요. 다 내가 부덕한 탓이에요."

"가와시마 씨의 유품은 직접 만든 곡을 압축한 파일입니다."

"파일이라면 복제할 수도 있죠? 괜찮으면 나도 받을 수 있을까요?"

가지키는 인디밴드에 관심이 있을 것 같아 보이지 않았기에 조금 의외였다.

"언젠가 가게를 다시 열게 되면 틀어 놓으려고. 가능하면 많은 사람이 들어주길 바라는 것이 음악 하는 사람의 소원이잖아요."

시라이는 눈물이 나올 뻔했다.

4

결국 가와시마의 유품을 원한 사람은 부모님과 마쓰사키와 가지키뿐이었다. 유품 정리를 맡은 시라이에게 이보다 쉬운 일도 없었다.

문제는 주변을 조사해도 가와시마의 곡이 미카에게 흘러간 흔적을 어디서도 찾을 수 없다는 점이었다.

'깊은 밤에 외쳐라'는 분명 'change up!'을 표절한 곡이었다. 하지만 'change up!'이 미카에게 넘어간 과정을 입증하지 못하는 한 단순히 멜로디가 비슷하다는 결론으로 끝나고 말 터다.

이 세상에는 무수히 많은 음악이 존재한다. 구성하는 음이 한정되어 있다면 당연히 비슷한 멜로디가 탄생할 수 있다. 사실 지금까지 표절 의혹을 받은 작품은 수없이 많고 일부는 표절을 인정했지만 현실은 그 외 상당수가 그저 우연이라며 묵살했다.

가와시마가 곡을 도둑맞았다면 그 사실을 온 세상에 알리는 것이 시라이가 할 수 있는 애도라고 믿었다. 하지만 아무런 증거도 없는 상황에서 구체적으로 아무런 일도 할 수 없었다. 'change up!'을 인터넷에 올려 미카와 'KITOO

RECORDS'를 도마 위에 올리는 것이 가장 간단하고 손쉬운 방법이지만 자칫하면 되려 고소당할 수 있다.

사무실에서 곰곰이 생각에 잠겼는데 이오키베가 말을 걸었다.

"아까부터 뭘 그리 심각하게 고민해?"

"아뇨, 별일 아니에요."

"별일 아닌데 그래? 하도 인상을 써서 미간 주름에 손가락도 끼울 수 있겠는데 무슨 소리야."

시라이는 이오키베를 올려다봤다. 최근 만난 사람 중에서는 가장 믿음직한 인물이라고 생각했다.

"저기, 대표님."

이오키베는 시라이의 말을 듣기도 전에 옆에 앉았다.

"고민될 때는 다른 사람에게 물어. 대답을 기대하거나 참고하라는 말이 아니야. 입에 담고 나면 생각을 정리할 수 있다는 게 가장 큰 장점이지."

"굉장히 옳은 말을 하시네요."

"자네보다 나이를 먹었으니까. 오래 산다는 건 그런 거야."

오래 살아도 모자란 사람처럼 헛소리만 하는 노인도 있다. 이오키베의 기지와 식견은 살아온 시간보다 경험에서 비롯됐을 터다.

이오키베와 상의한다고 누구에게 피해를 주지 않는다. 그의 대답이 반사회적이거나 상식에 어긋나더라도 못 들은 이야기로 치부하면 그만이다.

"유품 정리를 하다가 못 본 척 넘어갈 수 없는 문제가 생겨서요."

큰마음 먹고 가와시마의 곡에 얽힌 표절 의혹을 털어놓았다. 잠자코 듣던 이오키베는 시라이의 설명이 끝나자 두 손을 머리 뒤에 대고 깍지를 꼈다.

"우선 현관문을 두드려 보는 건 어때?"

"상대와 접촉하라는 말씀인가요?"

"만나지 않아도 돼. 우편함에 메시지 하나만 넣어놓으면 돼. 상대가 근거 없는 트집이라고 생각하면 무시할 테고 켕기는 바가 있으면 반응할 테니까. 인터넷에 퍼뜨리지 말고 일대일로 접근할 생각이면 그 방법이 가장 무난하고 효과적이야."

"……곰곰이 생각해 보면 협박에 가까운 것 같은데요."

"곰곰이 생각하지 않아도 협박이야. 하지만 상대방이 결백하면 단순한 장난으로 끝날 테지."

구구절절 맞는 말이라서 반박의 여지가 없었다.

"참고하겠습니다."

"응. 아, 보낸 사람 주소는 우리 사무실로 해 둬."

"그래도 괜찮아요?"

"위험 부담은 분산하는 것이 정석이니까."

신기하게도 입 밖으로 꺼내고 나니 정말로 답답했던 가슴이 풀렸다.

시라이는 'change up!'을 CD로 구워 받는 사람에 'KITOO RECORDS' 소속 야마구치 미카 앞이라고 적어 부쳤다. 팬레터라면 보통 '미카롱' 앞이라고 적어 보낼 것이다. 아티스트의 본명을 적어 보내면 소속사도 본인도 소홀히 처리하지는 않을 테니 그 점을 노렸다.

우편물을 우체통에 넣자마자 힘이 쭉 빠졌다. 방금 캄캄한 곳을 향해 혼신을 다한 직구를 던진 기분이었다.

'깊은 밤에 외쳐라'는 그 후에도 꾸준히 인기를 얻으며 마침내 50만 다운로드를 돌파했다. 50만 다운로드를 넘으면 더블 플래티나*가 되어 명실상부한 히트곡으로 인정받는다. 그동안 빛을 보지 못했던 중견 뮤지션의 화려한 비

★　일본레코드협회에서 인정한 기준으로 누적 다운로드 횟수 50만 회 이상을 기록한 곡에 부여하는 칭호.

상을 알리는 신호탄인 셈이다. 언더독 응원하기를 좋아하는 일본인에게 거부할 수 없는 사연이기에 미카롱의 미디어 노출이 점점 늘어났다.

오랜만에 보는 미카는 성숙미가 느껴졌다. 이십 대 때 어른거리던 야성미는 다소 누그러졌지만 순탄하지 않은 길을 걸어온 탓에 드리운 그늘이 오히려 그녀의 매력이 됐다.

사무실에서 쉬던 시라이가 휴대폰으로 검색해 본 인터뷰는 베테랑의 풍격마저 느껴졌다.

―50만 다운로드 축하합니다.

―정말 감사합니다.

―조만간 트리플 플래티나(75만 다운로드)도 달성할 기세고 슬슬 밀리언(백 만 다운로드)도 노려볼 만한데요.

―솔직히 실감이 안 나요. 가수 입장에서도 다운로드는 숫자로만 느껴져서 감흥이 없거든요. 게다가 지금은 코로나 시기라서 이벤트를 자유롭게 기획할 수 없으니 더 그래요.

―그렇군요. 악수회나 공연 모두 중단됐으니까요.

―제 나이에 악수회를 여는 것도 좀……. 지금은 오로지 앨범 제작에만 전념하고 있어요.

―오! 반가운 소식이네요. 역시 트랙 리스트에 '깊은 밤

에 외쳐라'가 포함될까요?

— 아직 녹음 중이라서 구성을 말할 단계는 아니에요. 하지만 팬들의 기대에 부응하는 것이 제 나이다운 사명 아닐까 생각해요.

— 그렇게 많은 나이도 아니잖아요.

— 십 대 초반 멤버가 섞여 있는 그룹이 음악계를 떠들썩하게 하잖아요. 제 나이면 베테랑이라고 해도 할 말 없죠. 하지만 베테랑에게는 베테랑만의 목소리와 창법이 있어요. 아무리 궁지에 몰려도 나름대로 싸우는 방법이 있죠.

— 아, 그 말은 '깊은 밤에 외쳐라'의 가사를 연상케 하네요. '깊은 밤에 외쳐라'는 역시 미카롱 씨가 사회에 던지는 선전포고 같은 노래인가요?

— 노래를 받아들이는 방식은 사람마다 달라요. 싱어송라이터 오자키 유타카 씨의 '15살의 밤' 헌정곡이라고 말씀하시는 분도 있으니까요. 그래서 제가 직접 곡을 해설하지 않으려 합니다. 무엇보다 곡에 담긴 의미를 강요하다니 답답하잖아요. 오독誤讀도 읽는 방법 중 하나라는 말이 있죠. 음악도 같아요. 받아들이는 방식, 즐기는 방식은 훨씬 더 자유롭죠.

흠잡을 데 없는 모범 답안이었다. 미카롱의 팬이라면

고개가 부러지도록 끄덕일 만했다.

하지만 시라이는 역겹기만 했다.

남의 떡으로 제사 지낸 주제에 '나름대로 싸우는 방법' 운운하다니 어이가 없었다.

억눌린 분노가 가슴속에 치솟았다.

내가 보낸 'change up!' 압축 파일을 받고도 여전히 그렇게 당당할 수 있을까?

가와시마의 마음과 집념을 매장해 버리겠다고?

두고 보자. 그렇다면 나도 생각이 있어.

다시 증오심에 불이 붙은 순간 누군가 사무실 문을 열었다.

"어서 오세……."

시라이는 '요'까지 말하지 못했다.

미카가 입구에 서 있었기 때문이다.

"오랜만이야."

미카는 아무 일도 없는 사람처럼 말했다.

"일하는 중에 미안해. 지금 시간 돼?"

갑작스럽게 나타난 미카 때문에 시라이는 할 말을 잃었다. 허둥지둥 이오키베를 쳐다봤더니 얼른 다녀오라는 듯 손을 흔들었다.

미카와 사무실을 나왔다. 조금 전 느낀 분노는 돌발 사태로 잠잠해지고 말았다.

"잘 지냈어?"

"그냥저냥 살고 있지."

"네가 성실하게 직장인 생활을 하다니."

"시비 거는 거야?"

"그 반대야. 칭찬. 이 바닥에 오래 있으면 노동 인구의 80퍼센트를 차지하는 직장인들이 우리를 지탱하고 있구나 깨닫게 돼. 불안정한 일을 하는 나보다 훨씬 훌륭해, 시라이."

"여긴 어떻게 왔어?"

"보낸 사람 주소가 여기였으니까."

"가와시마의 데모 음원 받았구나."

"받는 사람에 내 본명을 적었잖아. 당연히 나한테 전달되지."

"내가 그걸 보낸 이유는 알지?"

"'깊은 밤에 외쳐라'가 'change up!'을 표절한 거 아닌가 의심하는 거지?"

"두 곡을 비교하며 들어 보면 분명히 표절이야. 너, 감히 옛 밴드 멤버가 만든 곡을……."

시라이는 미카를 다그쳤다. 하지만 미카는 지극히 냉정한 모습이었다.

"가와시마의 시신은?"

"화장한 뒤 부모님이 유골을 받아 가셨어. 데모 음원은 녀석의 컴퓨터에 저장되어 있기에 내가 CD로 만들었지."

"흐음, 그럼 네가 유품을 정리해서 전달했구나. 고마워."

"대답해. 어째서 녀석의 곡을 베꼈지? 죽은 자는 말이 없다고 생각했어? 녀석이 어떤 최후를 맞이했는지는 알고 곡을 훔친 거야?"

"전기가 끊긴 집에서 열사병으로 떠났지. 뉴스와 SNS에서 봤어. 상상하고 싶지 않아도 계속 떠올라."

미카는 한 손에 들고 있던 가방에서 봉투 하나를 꺼냈다. 시라이가 그랬던 것처럼 'KITOO RECORDS' 소속 야마구치 미카 앞으로 보낸 우편물이었다.

보낸 사람은 가와시마였다.

"너희, 생각하는 게 똑같구나. 역시 둘이 닮았어."

"설마."

"가와시마가 직접 데모 음원을 보냈어. 내가 가사를 붙여서 편곡자에게 편곡을 의뢰했고. 표절이 아니야.

'change up!'은 '깊은 밤에 외쳐라'의 원곡이야."

"가와시마가 왜 그랬어?"

"설명 안 해도 알잖아. 가와시마는 데모 음원을 내게 맡긴 거야. 'change up!'을 세상에 내놓아 달라고. 가사를 붙이고 나니까 제목이 안 어울려서 어쩔 수 없이 바꿨어."

"거짓말하지 마."

"증거는 그 봉투 속에 들어 있어. 음원 파일과 함께 보냈더라고."

떨리는 손으로 내용물을 꺼냈다. 어설픈 가사를 몇 번이나 본 적 있어서 기억한다. 편지지 여러 장에 적힌 글씨는 틀림없이 가와시마의 필체였다.

가와시마는 인사도 생략하고 곧바로 근황을 말한 뒤 본론으로 들어갔다.

동봉한 CD에는 데모 음원이 들어 있어. 'change up!'이라는 곡이야. 지난 10년 동안 변변치 않은 곡을 써왔지만 이 곡만은 달라. 내가 생각해도 걸작 같아. 하지만 알다시피 나는 작사 능력이 형편없잖아. 멜로디만으로는 대형 음반사는 고사하고 독립 레이블에서도 안 받아주겠지.
그러니 '미카롱'의 곡으로 발표해 주지 않을래?

최근 미카가 어떤 상황인지도 알아. 인지도를 넓히려면 임팩트가 필요하지. 그런데 비장의 무기로 내놓은 곡 크레딧에 무명 작곡가 이름이 있으면 김새잖아. 내 이름은 숨기고 '미카롱'이 작사 작곡했다고 발표하는 편이 좋겠어. 그 대신 저작권료는 보내 줘. 그래도 내키지 않는다면 곡이 대박 난 다음에 생각해도 괜찮아.

알아? 나 곧 서른이야. 10년 넘게 가수 데뷔를 꿈꿨지만 슬슬 놓고 싶어져. 데뷔가 목표가 아니라 꿈을 향해 노력하고 있다고 자기합리화하는 것도 이제 지쳐. 나는 재능이 있지만 세상 사람들이 알아보지 못할 뿐이라고 우길 기운도 더는 없고. 분명 이번이 마지막 도전일 거야. '미카롱'이 만든 곡으로 발표한 'change up!'이 인기를 끌지 못한다면 더 이상 방법이 없어. 나는 전선을 벗어날 거야.

이기적인 부탁이라는 것은 알아. 그래도 옛날에 함께 활동한 멤버의 부탁이라고 생각하고 들어주면 좋겠다.

내 평생 가장 간절한 부탁이야.

영원한 베이시스트가

마지막 맺음말을 보고 웃고 싶어도 웃을 수 없었다.

"'깊은 밤에 외쳐라', 아니 'change up!'은 대박 났어. 약속은 지킬 거야. 이번에 앨범을 발매할 계획인데 앨범에 실을 때 작곡자 이름에 가와시마 루이토라고 적을 거야."

"괜찮겠어? 어떻게 된 일인지 사람들이 꼬치꼬치 캐물을 텐데."

"괜찮아. 솔직히 대답했는데 망하면 애초에 내 그릇이 그 정도밖에 안 된다는 뜻이겠지. 자, 이제 후련해졌어?"

"응, 만족해."

"다행이네. 아, 맞다. 가와시마가 남긴 데모 음원 사본 나한테도 줘. 나도 유품을 받을 권리가 있다고 생각하거든."

"바로 보낼게. 약속할게."

"알겠어, 기다릴게. 그럼 이만 간다."

미카는 가슴 높이에서 손을 흔든 뒤 휙 뒤돌아섰다.

그때 불현듯 '깊은 밤에 외쳐라'의 가사 한 소절이 떠올랐다.

깊은 밤에 외쳐라 나를 위해

깊은 밤에 외치자 너를 위해

눈물지으며 웃음 지으며 세상을 향해

아아, 그렇구나.

그 가사는 가와시마에게 보내는 메시지였구나.

시라이는 미카의 모습이 시야에서 사라질 때까지 하염없이 바라봤다.

4

엇갈린 유산

1

"의뢰받은 집이 여기라고요?"

목적지에 내린 아키히로 가스미가 뜻밖이라는 듯 물었다. 옆에 있던 시라이 히로시 역시 조금 당황한 얼굴로 단독주택을 바라봤다.

당연한 일이로다, 이오키베는 생각했다. 고독사라는 단어를 들으면 빈곤이라는 말이 연상되기 마련인데 이번 의뢰만큼은 전혀 그렇지 않았다. 의뢰받은 단독주택은 신축 양옥집으로 부지까지 합치면 수억 엔은 될 법한 집이었다. 시라이와 가스미가 당황할 만도 했다.

"이런 저택에 살면서 독거노인이었다고요?"

"가스미 씨. 저택에 산다고 다 가족과 함께 사는 건 아니야."

"그래도 나이가 들면 여러 가지로 불안하잖아요. 심리적으로나 금전적으로나."

"이런 말 하기 뭐하지만 세상에 불편한 일이나 걱정은 돈만 있으면 대부분 해결돼. 평소에 보살펴 줄 사람이 필요하다면 가사도우미를 고용하거나 방문간병인 제도를 이용하면 되고, 나이가 들면 오히려 가족이 귀찮아지는 사람도 있지."

"가족이 성가시다고요? 저는 도무지 상상이 안 가네요."

정말이지 가스미다운 생각이었다. 아직 경험보다 이상이 우선인 사람이었다. 세월이 흐르면서 이 순위가 뒤바뀌는 사람은 결코 적지 않다. 그런 가스미가 부러운 것을 보니 새삼 이오키베도 노년에 가까워졌다는 생각이 들었다.

이 저택에 살던 사람은 스와 렌시로, '헤이세이의 마지막 투자가'라고 불린 남자였다. 1990년 대발회*에서 시작된 주가 대폭락 이후 눈에 띄게 두각을 드러내며 많은 투자가가 나가떨어지는 와중에도 한평생 어마어마한 부를

---

* 증권 거래소에서 일 년 중 처음 이루어지는 입회. 보통 1월 4일이며 휴일일 경우 다음 날이 된다.

축적한 입지전적 인물이었다.

하지만 스와 렌시로에 대해 공개된 정보는 이 정도였고 그의 내력이나 사생활은 오랫동안 수수께끼였다. 원래 투자가들은 눈에 띄기 꺼리는 사람이 대부분이고 얼굴을 드러내려는 사람도 적었지만 개중에서도 스와는 유난히 정보가 적은 편이었다.

사정이 이렇다 보니 의뢰인에게 사망자의 이름을 들었을 때 이오키베도 깜짝 놀랐다.

"의뢰인은 따님이었죠?"

생각났다는 듯 시라이가 말했다.

"장녀였어. 가사도우미의 연락을 받고는 우리한테 의뢰했지."

"아무리 부자라도 죽고 나서 며칠 후에 발견되는 건 싫네요."

원래라면 사망한 다음 날 발견됐어야 했는데 가사도우미가 여름휴가를 다녀오는 바람에 일주일 뒤에 발견됐다. 휴가를 간 사이에 보살피던 고용주가 고독사하다니 가사도우미도 잠자리가 뒤숭숭하겠다며 이오키베는 쓸데없는 걱정을 했다.

시신 발견 정황은 이러했다.

가쓰라 유키에는 2년 전부터 스와 렌시로의 가사도우미로 일했다. 렌시로는 지병인 협심증을 앓고 있어서 간호조무사 자격을 취득한 유키에를 채용한 것이다. 가쓰라 유키에는 일주일에 5일이나 저택을 방문했다. 일 년에 몇 번 있는 장기 휴가는 얼마 안 되는 휴식 시간이었지만 운이 나쁘게도 그 사이에 렌시로가 발작을 일으켰고 유키에는 일주일 만에 복귀했다가 시신을 발견했다.

아직 늦더위가 기승을 부리는 시기라서 낮에는 기온이 35도를 웃도는 날도 많았다. 일주일이나 집에 방치된 시신은 원형을 알아볼 수 없을 정도로 부패했다. 신고받고 출동한 기동수사대와 관할서 형사들은 시신의 모습을 보고 그 자리에 얼어붙어 꼼짝도 못했다.

"그래도 시신을 인수할 사람이 있다는 것만으로도 다행이지."

"시신은 벌써 화장했어요?"

"글쎄. 특수청소 의뢰를 받았으니 시신은 당연히 내갔겠지만 화장까지 했는지는 묻지 않았어."

어쨌든 시신 처리는 경찰이나 부검의의 몫이었다. 자신들은 오염된 집을 청소하기만 하면 된다.

아차, 잊을 뻔했다.

"이번 의뢰는 청소 말고 다른 업무도 있어. 그 일도 잘 부탁해."

그 순간 시라이와 가스미가 얼굴을 마주 봤다.

낯선 자동차가 저택 부지로 들어왔다. 심지어 한 대가 아니었다. 줄지어 들어온 차 세 대가 멈춰서면서 엔드 클리너의 원 박스 카까지 주차된 저택 부지는 발 디딜 틈 없다시피 했다.

자동차 세 대에서 내린 사람은 모두 여성이었다.

"수고하십니다. '엔드 클리너' 직원분들이시죠?"

세 사람 중 나이가 가장 많아 보이는 여성이 말을 걸었다. 귀에 익은 목소리였다.

"저희에게 의뢰하신 큰따님이십니까?"

"네. 스와 지즈코예요."

지즈코가 자신을 소개하는 사이 나머지 두 사람이 그녀 옆에 나란히 섰다. 마치 서로 주도권을 빼앗기지 않으려는 것처럼 보였다.

"둘째 딸 이리야마 리나, 셋째 딸 오카다 사키예요."

사전에 들은 이야기대로였다.

렌시로의 아내는 세 아이를 낳았는데 막내가 스무 살 때 세상을 떠났다. 큰딸 지즈코는 데릴사위를 들였고 여동생들도 각자 결혼했다. 하지만 오늘은 아무도 배우자와 함께 오지 않았다.

"당황하신 듯한데 유족은 저희 셋뿐이니 염려 놓으세요."

"별로 염려하지 않았습니다."

"그럼 됐고요."

지즈코는 점잖게 대답하더니 다시 자동차에 탔다. 여동생들도 뒤를 이어 운전석으로 돌아갔다. 찜통더위에서 기다리기 싫은 모양이었다.

"대표님, 대표님."

가스미가 기분 나쁘다는 얼굴로 물었다.

"도대체 저게 무슨 말이에요?"

"아까 말한 청소 말고 다른 일."

이오키베는 숙연하게 작업하고 싶었는데 상황이 뜻대로 흘러가지 않았다.

"유품 정리도 맡겼거든."

"돌아가신 분은 투자가였잖아요. 그렇다면 유가 증권도 꽤 남겼을 테고 이 저택만 해도 땅까지 치면 막대한 재산이 될 텐데요."

"그러니까 유산 상속은 변호사의 영역이고 유품 전달은

우리 일이잖아."

하기야 자산가의 유품이니 귀금속을 비롯해 값비싼 물건이 많겠지. 자매들은 그 점을 주목하고 있을 터다.

어쨌든 유족이 지켜보는 가운데 작업하게 됐다. 이오키베는 차치하고 시라이와 가스미가 위축될까 봐 불안감이 스쳤다.

세 사람은 평소처럼 방독 마스크와 방호복으로 갈아입고 아이스박스에 수분 보충용 페트병 음료를 담았다. 두 사람이 준비를 마치자 이오키베가 현관문을 열었다.

"실례하겠습니다."

대답할 사람이 없다는 사실은 알지만 고인에 대한 예의로 정중하게 말했다. 시신을 부검 보냈는지 이미 화장했는지는 모르지만 경찰이 지키고 있지 않다면 분명 자연사로 처리되었을 것이다. 그렇다면 족적이 남을 걱정은 하지 않아도 된다.

아니, 오히려 경찰이 더 신경 쓰지 않았을지도 모른다. 어차피 침실에서 현관까지 체액으로 보이는 액체 방울이 점점이 떨어져 있었다. 시신을 내갈 때 튄 모양인데 너무 조심성 없었다. 나중에 청소하는 사람의 수고 따위 전혀 배려하지 않았다.

그러나 집은 정돈되어 있었다. 평소 가쓰라 유키에의 일 처리 능력이 엿보였다. 그 덕분에 침실 외 공간은 최소 범위만 특수청소해도 됐다. 독거노인이라지만 정기적으로 가사도우미가 드나들어서 다행이었다.

체액 흔적은 침실 앞에서 끊겼다. 마침내 현장에 들어가는 순간이었다. 방독 마스크를 끼고 있어도 뒤따르는 두 사람의 긴장이 느껴졌다.

문을 연 순간 열기가 훅 덮쳤다. 고글에 하얗게 김이 서렸다. 방으로 들어가자 이오키베가 예상한 상황이 펼쳐졌다.

우선 무수히 많은 파리가 고글로 날아들었다. 연기를 헤치듯 손을 흔들어 파리를 쫓아냈다.

간병 침대는 모션베드로 제법 컸지만 침실 자체가 넓어서 답답해 보이지 않았다. 침대 시트 한가운데에 사람 모양으로 체액이 퍼져 있었다. 체액은 시트 가장자리에서 바닥으로 흘러내려 갈색 웅덩이를 만들었다.

체액 위에는 수많은 구더기가 우글거렸다. 고온다습한 상태에서 도대체 몇백 마리가 파리로 우화했을지 상상만으로도 아찔했다.

"해충을 다 죽이고 나서 시트와 매트리스를 걷어내자. 침대 자체는 해체해서 폐기할 거야."

살충제를 잔뜩 뿌렸다. 하얀 연기 사이로 파리를 비롯한 해충들이 우수수 떨어졌다.

침대 외에 책상과 책장이 있는 것으로 보아 침실 겸 서재로 사용한 방이라는 것을 알 수 있었다. 책장에는 대부분 투자 전문서가 꽂혀 있었고 역사소설의 제목이 몇 개 보였다. 사진 액자 하나 놓여 있지 않아 몹시 살풍경했다.

십오 분이 지나서 세 사람은 일단 밖으로 나가 방독 마스크를 벗었다. 그 순간 땀이 폭포수처럼 쏟아졌다.

가스미가 땀을 닦으며 시라이를 불렀다.

"시라이 씨."

"왜요?"

"처음에 시라이 씨를 봤을 때 엄청 말랐다고 할까, 상당히 홀쭉하다고 생각했거든요. 헬스장이라도 다니는 줄 알았는데 직접 겪어 보니 특수청소 일을 하는 사람은 그럴 수밖에 없겠다는 생각이 드네요."

"헬스장 같은 데를 안 다녀도 이렇게 몸을 움직이며 땀을 빼면 싫어도 살이 빠진다고요."

"게다가 돈을 내기는커녕 오히려 월급을 받으니 최고네요."

요즘 가스미가 자학적인 농담을 던지기 시작했다. 나

쁘지 않은 변화라고 이오키베는 생각했다. 아무리 화려해 보이는 직업이라도 그늘이 있다. 겉으로는 보이지 않는 어둠이 존재한다. 희망에 부풀어 발을 들여놓은 신입이 좌절하는 이유는 그러한 그늘에 발목 잡히기 때문이다.

부정적인 부분은 쉽게 해소할 수 없다. 우선은 내성을 길러야 하는데 그 첫 번째 단계가 객관화였다. 객관화를 하면 자학과 빈정거리는 농담이 튀어나온다. 그러고서 각오와 발전하고자 하는 마음이 다져지면 단단한 사람이 된다.

해충을 얼추 제거하고 나서 소독약을 뿌렸다. 가스미가 죽은 해충을 치우고 소독하는 동안 이오키베는 시라이와 함께 침대를 정리했다.

시트는 둘둘 말아 쓰레기봉투에 넣었다. 매트리스 두께는 약 30센티미터였는데도 밑까지 젖어 있었다. 어차피 다시 사용할 수 없으니 작게 잘랐다. 금세 쓰레기봉투 몇 개가 가득 찼다.

매트리스를 다 처리한 뒤 마침내 침대 프레임을 해체하기 시작했다. 비싼 침대였지만 보이지 않는 부분에 체액과 병원균이 침투했을 수 있어서 폐기할 수밖에 없었다.

최근 많이들 사용하는 모션베드는 해체하기에 매우 번거롭다. 모터 네 개와 매우 견고한 리클라이닝 프레임 때문이다. 침대를 움직이는 모터는 제거하기 어렵고 리클라이닝 프레임은 분해가 어려운 데다 무거웠다. 이오키베와 시라이는 드라이버를 꺼내 작업했다. 악전고투하기를 삼십 분, 겨우 운반할 수 있을 만한 크기로 해체했다. 이제 헤드보드와 밑판, 풋보드를 떼어내기만 하면 된다.

"한숨 돌리고 할까?"

이오키베의 목소리에 두 사람은 몇 번째인지 모를 휴식에 들어갔다. 소독한 후 탈취하면 특수청소 자체는 끝이었다.

"침실 청소가 끝나면 복도에 튄 체액만 치우면 되죠?"

"나와 시라이 군은 아직 침대를 더 해체해야 해. 복도는 가스미 씨에게 맡길게. 만약 바닥재를 뜯어내야 하는 상황이면 알려줘."

"네, 알겠습니다."

두 사람에게 지시를 내리는 이오키베 앞에 그림자가 드리웠다.

"다 됐어요?"

지즈코를 앞세운 자매들이었다. 성격 참 급하다고 생각하며 고개를 저었다.

"아직 침실 냄새 제거와 침대 해체, 복도 청소가 남았습니다."

"복도는 침실에서 현관까지 더러운 액체가 튀었을 뿐이잖아요. 깔개를 깔아놓으면 왔다 갔다 할 수 있죠?"

지즈코의 질문에 이리야마 리나도 다그쳤다.

"그래, 맞아. 침실만 냄새가 나잖아요. 그러니 당신들만 침실에서 나오지 말고 작업하면 우리가 다른 방에 드나들어도 아무 지장 없는 것 아닌가요?"

"아뇨. 오염 상태가 심각하면 최악의 경우 여러분이 감염될 위험도 있습니다. 복도 바닥재를 뜯어내야 할 수도 있고요. 그러면 저택 안을 돌아다니기 불편하겠죠."

"여러분의 일을 방해할 생각은 없어요. 하지만 이런 건 유족의 뜻이 우선 아닌가요? 게다가 아버지의 유지도 있는데. 아버지는 당장이라도 딸들에게 유품을 나눠주고 싶을 거예요. 우리도 아무 준비 안 한 게 아니라고요."

리나는 가방에서 슬리퍼를 꺼냈다. 지즈코도 덩달아 신발을 꺼냈다.

"동생들도 철저히 준비했어요. 여러분은 침실과 복도만 꼼꼼하게 청소하세요. 우리는 우리끼리 해야 할 일을 할 테니."

지즈코의 말을 신호로 리나도 집 안으로 들어왔다.

특수청소부

"저기, 잠깐만요. 이러시면 곤란합니다."

황급히 말리려고 했지만 이미 늦었다. 두 딸은 앞다투어 저택 안으로 들어왔다.

막내 오카다 사키만 가만히 서 있었다.

"언니들이 꼴사나운 모습을 보여 죄송합니다."

사키는 민망한 얼굴로 고개를 숙였다.

"두 사람 모두 평소에는 저렇게 행동하지 않는데 유품 이야기가 나오니 마음이 조금 급해졌나 봐요. 일하시는 데 방해해서 죄송합니다."

"사키 씨는 안 급하십니까? 언니분들이 경쟁하듯이 쏜 살같이 들어가셨는데."

"저는 막내라서 아버지가 많이 예뻐하셨죠. 그 추억만 으로도 충분합니다."

"그럼 유품을 거절하실 생각입니까?"

그 질문에 사키는 잠시 생각에 잠겼다가 대답했다.

"생각해 보니 그러네요. 그래도 아버지의 추억이 담긴 물건을 하나쯤은 받고 싶어요."

"한번 찾아보세요."

"들어가도 괜찮나요?"

"어차피 언니분들이 여기저기 돌아다니시는데요 뭘.

새삼 한 명 더 는다고 달라질 것 없습니다."

"그럼 호의를 감사히 받아들이겠습니다."

사키는 세 사람에게 인사한 뒤 언니들을 따라 들어왔다.

특수청소라는 직업 특성상 욕심 사나운 유족을 자주 본다. 하지만 스와 자매처럼 노골적이고 뻔뻔한 유족은 처음이었다. 아무리 친정이라지만 거실과 서재를 제집처럼 마구 휩쓸고 다니며 귀금속과 고급 가구, 심지어 벽에 걸린 그림까지 노리고 다녔다.

"잠깐. 그 석판화는 내가 아까 발견했어."

"나는 이 년 전부터 찜해 놨거든? 리나 너야말로 그 탁상시계는 언니한테 양보해."

"그만 좀 해. 아버지가 살아계실 때 언젠가 내게 주겠다고 말씀하셨어."

"증거 있어?"

"언니, 먼저 갖는 사람이 임자인 거 아니잖아. 유품으로 나눠가질 만한 물건을 일단 골라놓기만 하는 거라고. 소유권은 나중에 협의하기로 약속했잖아."

"하지만 처음 발견한 사람에게 우선권이 있는 거 아냐?"

"저기, 둘 다 목소리 좀 낮춰."

"부동산과 주식에 비하면 이런 장식품이나 그림은 별것도 아니잖아."

"그래도 팔면 돈이 꽤 된다니까. 이 자리에서 훔치려는 낌새라도 보이면 가만 안 둬."

자매가 복도에서 다투는 소리가 침실까지 들릴 때마다 시라이는 얼굴을 찌푸렸다.

"대표님, 아무리 좋게 생각해도 훈훈한 이야기는 아니네요."

"남의 집안 이야기니 뭐. 시라이 군도 이제 유족들이 이런 식으로 다투는 것에 이골이 났잖아."

"그건 그렇지만. 부자는 좀 더 고상할 줄 알았어요."

"'의식주가 해결되어야 예의를 차릴 줄 안다'라는 속담도 있지만 주머니 사정과 인품이 꼭 일치하지는 않는 법이니까."

"그건 그러네요."

특수청소 일을 하다 보면 얻는 것 대신 잃는 것도 있다. 괴로운 문제지만 잃는 것보다 얻는 것이 더 크면 좋겠다고 이오키베는 생각했다.

침대 밑판을 제거하려고 허리를 숙인 이오키베는 침대 다리를 보고 의아했다.

"이상하네."

"왜 그러세요?"

"다리에 바퀴가 달려 있는데."

"침대를 이동할 일이 있던 거 아닐까요?"

"그런 것 같아. 단지 청소 때문에 바퀴를 단 것 같지는
않아."

이오키베가 눈짓하자 시라이도 이해한 듯 고개를 끄덕
였다. 둘이서 침대 한쪽을 잡고 옆으로 밀었다.

침대 바로 밑에서 가로세로 50센티 크기의 네모난 장치
가 나타났다. 바닥재와 무늬가 다른, 손잡이가 달린 문이
었다.

"대표님, 이거 보세요."

"이것 때문에 침대에 바퀴를 달았군."

손잡이를 잡고 천천히 문을 열었다.

안에는 다이얼식 내화금고가 있었다.

침대 밑에 일부러 비밀 공간을 만들어 숨겨둔 금고. 금
고에 가치 없는 물건을 넣어두지는 않았으리라.

"시라이 군, 유족들을 불러주겠어? 아마 장식품과 그림
보다 더 중요한 것이 담겨 있을 거야."

"알겠습니다."

탈취도 거의 끝나 창문을 열고 환기하는 단계였다. 유족을 들여도 감염 우려는 없을 터다.

소식을 들은 자매들이 침실로 달려왔다.

"비밀 금고라고요?"

"하필 침대 밑에 숨겨놓을 건 뭐람. 그러니 아무리 찾아도 안 나오지."

'아이고, 맙소사. 찾고 있었구나.'

이오키베는 속으로 혀를 찼다.

시라이와 둘이서 금고를 들어 올리려고 했지만 내화금고는 크기가 작아도 상당히 무거웠다. 40킬로그램은 되지 않을까 싶었다. 바닥에 흠이 나지 않도록 주의하며 간신히 금고를 꺼냈다.

"다이얼식으로 잠겨 있습니다. 금고 열쇠를 갖고 계신 분 없습니까? 아니면 비밀번호를 아시는 분은요?"

세 자매는 서로 얼굴만 쳐다보다가 고개를 저었다. 예상한 일이지만 어쩔 수 없이 해야 할 일이 더 늘었다.

"열쇠도 없고 비밀번호도 모른다면 금고를 부술 수밖에 없는데 어떻게 하시겠습니까?"

"부숴도 상관없어요."

지즈코는 조금도 망설이지 않았다.

"아버지가 계셨다면 그러라고 하셨을 거예요."

염증을 느꼈지만 애써 표정을 관리했다.

"지렛대로는 못 열 것 같은데. 시라이 군 차에서 해머와 그라인더 좀 갖다줘."

"네."

이렇게 튼튼한 내화금고를 섣불리 때려 부수려고 하면 철로 된 부분이 우그러지며 점점 더 열기 힘들어진다. 다행히 경첩이 바깥쪽으로 드러나 있으니 먼저 이를 절단해야 했다.

"갖고 왔어요."

그라인더를 들고 곧바로 경첩을 잘랐다. 시끄럽고 날카로운 소리가 울려 퍼졌지만 자매들은 눈을 부릅뜨고 경첩이 잘리는 모습을 응시했다.

몇 분 만에 경첩을 무사히 잘라냈다. 하지만 이것만으로는 금고를 열 수 없다. 문 부분에 다시 그라인더 날을 대고 작동시켰다.

도중까지 경쾌한 소리를 내던 그라인더가 갑자기 요란하게 거슬리는 소리를 냈다. 예상대로였다. 그라인더 날이 금고 내부에 채운 기공콘크리트에 걸린 소리였다.

이오키베는 해머로 콘크리트를 계속 두드렸다. 그러자

마침내 금이 가고 둔탁한 소리를 내며 부숴졌다. 콘크리트 조각을 제거하자 또 다른 철판 한 장이 모습을 드러냈다.

그라인더를 세 번째 작동시킨 지 몇 분 만에 마침내 칼날이 금고를 뚫었다.

"열겠습니다."

이오키베의 말에 자매들이 숨을 삼켰다.

"웃차."

금고 속에 들어 있던 물건은 편지 한 통이었는데 봉투에 먹으로 적은 '유언장'이라는 글씨가 선명했다.

자매들의 눈빛이 순식간에 변했다. 이오키베가 집어 든 유언장에 빨려 들어갈 기세로 모여들었다.

"유언장이라니……. 이게 왜 이런 곳에 있지?"

"뭔가 잘못된 거 아냐?"

"언니, 빨리 열어 봐."

세 자매가 팔을 뻗기 직전 이오키베가 저지했다.

"실례지만 스와 씨. 고인이 변호사나 법무사를 고용했습니까?"

"네. 집안에서 고용한 고문 변호사가 있어요."

"급히 연락해 주시겠습니까? 마루 밑에 숨겨 둔 금고입니다. 이렇게 삼엄하게 보관한 유언장이니 신중하게 행동해야 훗날 분쟁을 막을 수 있지 않겠습니까."

지즈코는 기선을 제압당해 불만스러운 얼굴로 마지못해 고개를 끄덕였다.

스와 가문의 고문 변호사 미조바타 미사키가 소식을 듣고 달려왔다.

"특수청소를 하고 계셨나 보군요. 유언장을 열기 전에 연락 주셔서 진심으로 감사합니다."

변호사는 정중하게 머리 숙여 인사한 뒤 말했다.

"스와 가문처럼 재산이 많은 집안은 유산 분할 협의 때 분쟁이 생기는 경우가 적지 않으니 고문 변호사에게 맡기는 방법이 최선이죠."

"변호사님은 유언장의 내용을 아십니까?"

"아뇨. 지난달 스와 렌시로 씨가 전화로 유언장 성립 요건을 물은 것이 다입니다. 질문이 질문인지라 조만간 유언장 작성을 의뢰하시겠구나 생각했는데 설마 직접 쓰실 줄은 몰랐네요."

이오키베와 미조바타 변호사는 청소가 끝난 침실에서 이야기를 나눴다. 이제 미조바타가 거실로 나가 자매들 앞에서 렌시로의 유언을 공개해야 한다. 내용은 모르지만 벌

써부터 한바탕 파란이 예상돼 미조바타가 조금 가여웠다.

"그런데 가사도우미도 그 자리에 함께한다니 놀랍네요."

"렌시로 씨가 제게 연락하셨을 때 만약 유언을 발표하게 된다면 그 자리에 유키에 씨도 불러 달라고 부탁하셨습니다."

"그렇군요. 그럼 임무를 잘 수행하시기 바랍니다."

"무슨 말씀이세요. 이오키베 씨도 동석하셔야죠."

미조바타가 당연하다는 듯 말했다.

"이오키베 씨, 유품 정리도 의뢰받으셨잖아요. 유언장에 유품에 관한 내용이 있을 수도 있으니까요. 꼭 참석하셔야 합니다."

"그렇다면 함께 가시죠."

시라이와 가스미는 먼저 돌려보냈기 때문에 이곳에서 잠깐 시간을 잡아먹어도 업무에는 지장 없었다. 유품 정리를 생각하면 유언장 내용을 그 자리에서 파악하는 것이 가장 좋았다.

복도를 걷는데 미조바타가 작은 소리로 물었다.

"유산 분할을 협의하는 자리에 있어 보신 적 있습니까?"

"없습니다. 그런데 유품을 나누는 자리도 약간 아수라

장 같거든요."

"그렇겠네요."

미조바타는 짧게 탄식했다.

"제 입장상 대놓고 말하기 뭐하지만 '자손을 위해 기름진 땅을 남기지 않는다'라는 격언은 정말 맞는 말이라고 생각해요."

거실에는 세 자매가 나란히 앉아 있었고 한 구석에 쉰살쯤 된 여성이 거북한 모습으로 앉아 있었다. 가쓰라 유키에였다.

"여러분, 오래 기다리셨습니다."

미조바타는 그 자리에 모인 사람들을 둘러보며 입을 열었다.

"그러면 유언장을 열겠습니다…… 어라?"

미조바타가 이상하다는 듯 편지 두 통을 꺼냈다.

"이상하네요, 유언장이 두 통이라니. 저기, 그럼 우선 이것부터 읽겠습니다. 유언자 스와 렌시로는 다음과 같이 유언을 남긴다."

미조바타는 일단 말을 끊고 이어지는 글을 눈으로 훑었다.

"하나, 토지 및 건물(후술 재산 목록 참조)은 적정가에 매각하여 금전으로 바꾼 후 스와 지즈코, 이리야마 리나, 오카다 사키 세 사람에게 균등하게 배분할 것'."

"이게 다 무슨 소리야, 균등 배분이라니."

지즈코가 큰 소리로 말했지만 미조바타는 개의치 않고 계속 읽었다.

"둘, 스와 렌시로 명의의 예금도 상기와 마찬가지로 세 사람에게 균등하게 배분할 것'."

"말도 안 돼."

리나가 당혹스러운 기색으로 중얼거렸다.

"'셋, 스와 렌시로 명의의 유가 증권도 마찬가지로 시장 적정가로 매각한 뒤 세 사람에게 균등하게 배분할 것'."

"하아."

사키는 짧은 숨을 내쉬었다.

"'넷, 저택 내 귀금속 및 가구, 집기는 중고상 또는 적정 업체에 맡겨 현금화한 뒤 역시 세 사람에게 균등하게 배분할 것'."

이제 세 사람은 아무 말도 하지 않았다. 균등하게 배분하라는 유언이 상당히 뜻밖이었던 모양이다.

"'아울러 앞서 거론한 재산과는 별도로 예금에서 3천만 엔을 성심성의껏 간호해 준 가쓰라 유키에 씨에게 남긴다'."

"네?"

유키에는 화들짝 놀랐다.

"이럴 수가, 제게 3천만 엔을 남긴다니."

"'유언자는 집안 고문 변호사인 미조바타 미사키 씨를 유언 집행자로 지정한다. 2022년 8월 2일 스와 렌시로'."

"이건 무효예요!"

미조바타가 유언장을 다 읽자마자 지즈코가 새된 소리를 질렀다.

"장녀에게도 막내에게도 모두 똑같이 나눠주라니 그게 무슨 말도 안 되는 소리야. 이 유언장은 아버지의 유지에 반하는 가짜예요."

"아뇨."

미조바타가 돌연 강하게 말했다.

"답변을 드리자면 이 유언장의 법적 효력은 유효합니다. 일전에 렌시로 씨가 유언장의 성립요건을 물었을 때 저는 다음과 같이 설명했죠. 첫째, 유언장 전체를 유언자 본인이 자필로 작성할 것. 둘째, 유언장의 작성일자가 명기될 것. 셋째, 호적상 이름이 풀네임으로 정확하게 기재되어 있을 것. 넷째, 이름 뒤에 서명이나 날인이 있을 것. 이 유언장에는 렌시로 씨의 인감도장이 찍혀 있습니다. 따라서 이 자필증서 유언은 분명히 법적 효력이 있습니다."

당당한 어조에 자매들은 입을 다물었다. 반면 3천만 엔을 받게 된 유키에는 감격에 겨워 눈물을 흘렸다.

불만에 가득 찬 자매와 행복에 겨운 유키에, 희비가 엇갈린 분위기가 미조바타의 목소리에 깨졌다.

"자, 잠시만요."

이오키베는 영문을 몰라 의아한 가운데 미조바타가 두 번째 편지를 막 훑어봤다.

"여러분……. 만약 이게 사실이라면 유언장 내용이 바뀝니다."

"변호사님, 도대체 뭐라고 적혀 있기에 그럽니까?"

이오키베가 묻자 미조바타가 미간을 찌푸렸다.

"이것도 유언의 일부라고 판단해 읽겠습니다. '유언장을 작성하고 나서 나는 두려움에 떨고 있다. 가족 중 누군가 나를 죽이려고 한다. 누군지는 모르지만 당장이라도 유산을 챙기려는 자가 있다. 만약 내가 불의의 죽음을 맞이한다면 타살을 의심해 주길 바란다. 2022년 8월 4일 스와 렌시로'. 이것 역시 모두 자필로 작성되었으며 본인 서명이 있습니다."

세 자매와 유키에의 얼굴에 동요가 일었다.

"만일, 그러니까 만약 상속인 중 누군가가 렌시로 씨를 계획적으로 살해했다면 유산 분할 협의에서 자동으로 제외됩니다. 그리고 당연히 저는 경찰에 유언장에 적힌 이 내용을 신고해야 합니다."

2

어쩐지 사태가 묘하게 흘러간다고 생각하는데 이번에는 경찰이 다급히 출동했다.

"가쓰시카 경찰서의 미도리카와입니다."

다행히 잘 알고 지내는 형사였다.

"미조바타 변호사님의 연락을 받고 달려왔습니다. 설마 침대 밑에 비밀의 문이 있을 줄이야. 이게 다 이오키베 씨 덕분입니다."

"별말씀을요. 그런데 경찰은 스와 렌시로 씨가 병사했다고 판단했습니까?"

"솔직히 검시 단계에서는 이상을 발견하지 못했습니다."

본인이 검시한 것도 아닐 텐데 미도리카와는 억울하게

말했다.

"핵심은 협심증 발작 그 자체였어요. 처방받은 약을 책상 위에 올려놓은 상태로 발작이 일어났는데 손에 약이 닿지 않아 고통받다가 사망했다는 것이 검시관의 판단이었죠."

"약은 이상 없었습니까?"

"늘 다니던 약국에서 처방받은, 틀림없는 칼슘길항제였습니다."

"발작이 일어났을 때 손 닿는 곳에 약이 없으면 그대로 사망에 이를 가능성이 크죠."

렌시로의 죽음을 바란 자가 칼슘길항제를 그의 손에 닿지 않는 곳에 숨겨두면 목적을 달성할 수 있는 셈이다. 이렇게 수고가 들지 않는 살인도 없으리라.

"저택 열쇠는 누가 가지고 있었습니까?"

"렌시로 씨가 가사도우미 가쓰라 유키에 씨에게 스페어 키를 맡겼습니다. 그리고 위급한 상황에 대비해 큰딸 지즈코 씨가 하나 가지고 있었죠."

미도리카와도 같은 생각을 한 듯 눈에 의심의 빛이 떠올랐다.

"유언장에 첨부된 편지를 발견하지 못했다면 단순 병사

로 처리될 건이었습니다. 전 재산을 세 자매에게 똑같이 세 등분한다는 지극히 상식적인 내용이지만 스와 가문의 총자산을 생각하면 세 등분해도 막대한 금액이죠. 주머니 사정이 넉넉하지 않은 사람이라면 하루라도 빨리 피상속인이 죽기를 바랐을 겁니다. 그런데 유품 중에 값나가는 물건이 있었나요?"

"자매분들이 저택 내 물건을 모조리 모아주셨습니다. 현재 귀금속 감정사를 불러 감정받고 있어요. 그것도 서민들의 상식을 벗어나는 금액일 것 같습니다."

"어쨌든 렌시로 씨가 세상을 떠나면 이득을 보는 사람이 존재했고 그 사람 때문에 렌시로 씨가 위협을 느꼈습니다. 이건 매우 중요한 사실이에요."

렌시로의 시신은 감찰의무원에서 부검했지만 특별히 수상한 점은 발견되지 않아 지즈코에게 사망진단서가 발급됐다. 지즈코가 관공서에 신고하면 그날 바로 화장할 예정이었다.

"스와 지즈코 씨에게 사정을 설명하고 사망 신고를 미뤄달라고 요청하겠습니다. 시신은 오늘이라도 다시 부검할 예정입니다."

"감찰의무원에서 법의학교실로 옮겨서요? 하지만 발

작에 의한 사망이라면 부검 집도의가 바뀐다고 해도 소견에 큰 차이는 없을 텐데요."

"그건 맞는 말씀이긴 합니다만⋯⋯."

미도리카와의 대답은 모호했다. 사태가 갑자기 바뀌면 부검 보고서를 재검토할 수밖에 없으리라.

"아무튼 이대로는 유언을 집행할 수 없어요."

그때 잠자코 있던 미조바타가 끼어들었다.

"경찰의 수사 상황을 지켜보는 수밖에 없겠네요. 세 자매 중 살인자가 있다면 당연히 상속인 자격을 잃으니까요."

"변호사님, 유언장과 첨부되어 있던 편지는 렌시로 씨가 직접 쓴 것이 틀림없겠죠?"

재차 확인하는 미도리카와 때문에 기분이 상했는지 미조바타는 노골적으로 언짢은 표정을 지었다.

"저희 로펌에서 보관하던 서류와 비교했습니다. 필적과 인감 모두 진짜였어요. 정 못 미더우시면 과학수사연구소에서 확인하시겠어요?"

"일단 그 서류를 하나 부탁합니다. 유언장은 변호사님말고는 아무도 만지지 않았죠?"

"네. 봉투는 몰라도 편지지를 만진 사람은 저뿐입니

다.”

즉 유언장과 편지에서 미조바타 변호사 외에 다른 지문이 발견되면 그 인물이 의심받을 것이다.

“이번에는 제가 묻고 싶은데요 미도리카와 형사님. 렌시로 씨의 침실에 들어갔을 때 감식반에서 뭔가 수상한 것을 발견하지는 않았나요?”

“물론 꼼꼼하게 채취했습니다. 하지만 저택 내부에 남아 있던 것은 렌시로 씨와 가사도우미 가쓰라 유키에 씨, 그리고 세 자매의 모발과 지문뿐이었습니다. 세 자매는 일 년에 여러 번 친정에 방문하니 모발과 지문이 남아 있는 것이 당연하죠.”

세 사람 모두 굳이 말하지 않았지만 아무렇지 않게 드나들던 인물이기에 오히려 수상하다고도 할 수 있었다.

“유언장을 발표했을 때 세 자매의 모습은 어땠습니까?”

“저는 유언장을 읽느라 집중해서 잘 관찰하지 못했습니다. 이오키베 씨는 어땠어요?”

“위화감을 느꼈어요.”

이 말에 미도리카와가 달려들었다.

“어떤 위화감이었습니까?”

“제가 일개 서민이라 그런지 몰라도 세 자매는 똑같이

나눠서 상속받을 것이라고는 생각도 못 한 것 같더군요. 특히 장녀 지즈코 씨와 차녀 리나 씨는 분개했죠. 삼 분의 일이라고는 하지만 상당한 액수일 텐데."

"그건 당연하죠. 돈은 없는 것보다 있는 편이 좋으니까. 적은 것보다 많은 편이 좋죠. 살아가는 데 충분한 돈이 있어도 더 갖고 싶어 합니다. 그게 인간의 습성이에요."

실은 위화감을 느낀 부분이 하나 더 있었지만 너무나 막연해서 말하지 않았다.

지즈코도 리나도 분개는 해도 미조바타 변호사에게 덤벼드는 행동은 못 했다. 화는 나지만 왜인지 자제했다. 그 모습이 이오키베의 눈에는 유산의 삼 분의 일을 갖게 된 자의 여유가 아니라 무장한 자의 여유처럼 보였다.

"아 참. 이오키베 씨는 민간인이었죠."

미도리카와는 자신이 말을 너무 많이 했다는 듯 입을 꾹 눌렀다.

"알고 계시겠지만 수사 정보는 비밀로 해주세요. 부탁합니다."

나도 좋아서 말려든 것이 아니라고 반박하고 싶었지만 역시 굳이 입 밖으로 꺼내지 않았다.

"일방적으로 부탁드려 죄송하지만 무언가 새로운 정보

가 생기면 알려주세요."

미도리카와는 이오키베와 미조바타를 달래는 말을 남기고는 거실에서 기다리고 있는 세 자매를 만나러 갔다. 경찰로서 당연한 태도였다. 이오키베가 미도리카와였어도 똑같이 행동했을 것이다.

하지만 미조바타의 생각은 조금 다른 듯했다.

"이오키베 씨, 복잡한 일에 휘말리게 해서 거듭 사과드립니다."

"아뇨, 뭘요."

"경찰은 저렇게 행동할 수밖에 없지만 저는 유언이 집행될 때까지 이오키베 씨와 정보를 공유하고 싶습니다. 물론 이오키베 씨가 양해해 주셔야 가능하겠지만요."

이왕 시작한 일은 끝을 보라고 했던가.

"유품 정리도 유언장의 네 항목과 관련 있죠. 이것도 다 인연일 테니 끝까지 협조하겠습니다."

"감사합니다."

미조바타는 안심한 모습으로 목소리를 낮췄다.

"사실 좀 불안해요. 지금까지 유언 집행자로 여러 번 지정되어 봤지만 살인사건에 엮인 적은 처음이라서."

"스와 가문의 고문 변호사를 맡은 지 얼마나 되셨습니

까?"

"벌써 5년 됐네요. 렌시로 씨가 관여한 투자 때문에 SNS에서 헛소문과 악플이 난무할 무렵 고문 계약을 맺었습니다."

"렌시로 씨는 본인 사업을 법인 전환했습니까?"

"그저 개인사업자에 가깝지만 투자 세계에서 워낙 유명한 거물이라 소송으로 번지는 분쟁이 적지 않았어요."

즉 재산관리보다 소송 대응 업무를 맡았다는 뜻이다.

"렌시로 씨를 고소한 사람 중에 그를 죽이고 싶어 한 사람이 있을까요?"

"돈이 얽힌 일이라서 렌시로 씨를 증오할 사람은 한없이 증오했을 겁니다. 하지만 실제로 행동으로 옮길 만한 사람이라면……."

현재 수사선상에 떠오른 용의자는 유산 관련 문제 때문에 세 자매로 좁혀져 있다. 렌시로의 병세와 처방받은 약을 외부인이 알 리 없으니 그쪽은 고려하지 않아도 무방하리라. 어차피 경찰이 부근 CCTV를 확인해 수상한 사람을 걸러낼 터다.

"5년이나 고문 변호사로 일하셨으면 렌시로 씨의 인품도 잘 아시겠네요. 어떤 분이셨습니까?"

"고용주, 심지어 고인이 된 분에 대해 나쁜 소리는 하고 싶지 않네요."

그 말인즉슨 이미 나쁜 소리를 한 것이나 마찬가지 아닌가.

"좋은 사람이든 나쁜 사람이든 입지전적 인물이라고만 말씀드릴게요. 그 정도로 집요하지 않으면 투자 세계에서 성공 못 하겠죠."

"가족들 교류는 어땠습니까?"

"세 자매와는 두세 번밖에 안 봐서 사이가 좋은지는 모르겠네요. 하지만 자매 모두 친정을 자주 찾지는 않았던 것 같아요."

"왜 그렇게 생각하십니까?"

"거의 그런 적이 없다고 해도 좋을 정도로 렌시로 씨가 따님들 이야기를 안 했거든요. 보통 지병을 앓는 노인이라면 자식 이야기부터 하잖아요."

"자매 사이도 갈등이 있어 보이던데요."

"거듭 말씀드리지만 '자손을 위해 기름진 땅을 남기지 않는다'라는 말은 그야말로 진리예요."

미조바타는 몇 번째인지 모를 한숨을 쉬었다. 타인의 재산관리는 그만큼 정신적인 피로가 쌓이는 일인지도 몰

특수청소부

랐다.

"그 말의 원래 뜻은 자식의 자립심을 없앨 수 있으니 재산을 축적하지 말라는 뜻이지만 자립심을 빼앗는 것보다 더 심각한 문제는 소송의 발단이 될 수 있다는 사실이죠. 그동안 우애 좋던 형제자매가 상속 때문에 남보다 못한 사이가 되는 일이 결코 드물지 않아요."

"자매들 모두 결혼했죠? 남편분들도 이번 상속에 끼어들었나요?"

"아뇨. 상속인은 자매들이니까요. 배우자들은 외부인이죠. 세 자매만 해도 벅찹니다. 이 이상 심리적 압박이 심해지는 건 제발 사양하고 싶네요."

실감 나는 말에 이오키베는 고개를 끄덕일 수밖에 없었다.

"저는 잠깐 쉬겠습니다. 이오키베 씨는 어떻게 하시겠어요?"

"가사도우미와 이야기해 볼까 합니다. 렌시로 씨의 최근 상황은 아무래도 따님들보다 유키에 씨에게 묻는 게 나을 것 같아서요."

"고인의 인품이 그렇게 궁금하세요?"

"특수청소 일을 해서 그런가, 산 사람보다 죽은 사람에게 관심이 더 가네요."

유키에를 찾아 저택 내부를 돌아다니다가 식탁에 덩그러니 앉아 있는 모습을 발견했다. 벽 하나를 사이에 두고 거실에서는 미도리카와 세 자매가 질문과 대답을 반복하고 있었다.

"여기 계셨군요. 저택이 넓으니 방이 많을 텐데."

"부엌이 제일 마음이 편해요. 무슨 일이세요?"

"일은요 무슨. 유키에 씨가 느낀 생전 렌시로 씨의 인상이 어땠는지 듣고 싶어서요."

"렌시로 씨의 인상이요? 그런 걸 왜 제게 물으시죠?"

"유품 정리에 참고할 예정이거든요. 되도록 고인의 유지에 따라 유품을 나눠드리고 싶어서요. 고인의 인품을 알아 두면 도움이 되죠."

"렌시로 씨의 수발을 든 지 겨우 이 년 됐어요."

"하지만 누구보다 가까이 있던 사람이죠. 가족이나 고문 변호사보다도."

"그건 그렇지만."

"추억을 이야기하는 것도 고인의 넋을 위로하는 방법 아닐까요?"

"흠. 추억이라."

유키에는 기억을 더듬듯 천장을 올려다봤다.

"손이 많이 가는 노인이었나요?"

"지병은 있었지만 평소에 저택을 여기저기 돌아다녔고 휠체어도 안 타셨어요. 청소를 방해하지도 않았고 음식도 가리지 않으셨죠. 그런 의미에서는 손이 안 가는 분이셨어요."

"그럼 다른 면에서 성가셨나 보군요."

"화가 좀 많은 분이셨어요. 컴퓨터로 주식 시황을 보면서 험한 말을 자주 내뱉고 애용하는 펜을 찾을 수 없다며 짜증 내고 찾으면 찾느라 시간을 허비했다며 화를 냈죠."

"있을 법한 일이네요, 노인이라면."

"물건에 자주 화풀이했지만 사람에게 화풀이하는 것보다는 나으니까요. 여든 넘은 나이에도 정신은 맑았어요. 지병만 없었다면 증권 거래소로 쳐들어갈 수도 있는 양반이었어요."

"어지간히도 성질이 급한 분이셨나 보군요."

"이상하게도 성격이 느긋한 사람보다 급한 사람이 주식 거래에 더 잘 맞나 봐요. 렌시로 씨 본인이 그렇게 말하더라고요."

유키에의 말을 들으면 그녀는 렌시로를 응석받이처럼

생각한 것 같았다. 렌시로도 유키에를 어느 정도 편하게 대하지 않았을까.

"간호 겸 가사도우미로서는 갑작스러운 발작만 조심하면 됐어요. 노인네의 푸념이나 넋두리는 한 귀로 듣고 한 귀로 흘리면 됐고요."

"고인과는 사이가 좋았던 것 같군요. 그게 아니었다면 유언장에 유키에 씨가 거론될 리 없었을 테니까요."

"저도 듣고 얼마나 놀랐는지 몰라요."

말투가 돌연 숙연해졌다.

"확실히 수발들긴 했지만 그건 어디까지나 제 일이었고, 사무 작업을 조금 도와 드린 것 말고 다른 일은 하지 않았어요. 그런데 3천만 엔이라니. 잘못해서 0을 두 개 더 붙인 것은 아닌지, 아직도 얼떨떨해요."

"불퉁했던 고인의 진심이 담긴 성의였겠죠. 감사히 받으면 돼요. 그건 그렇고 렌시로 씨가 따님들 이야기를 했습니까?"

"가족 이야기는 일종의 금기였어요."

유키에는 불편한 얼굴로 말했다.

"큰딸 지즈코 씨에게 현관문 열쇠를 맡겼기 때문에 딱한 번 따님들 이야기가 나온 적 있거든요. 그랬더니 렌시로 씨 기분이 갑자기 언짢아져서 그 이야기는 하기 싫다며 앵돌아져서는……. 쑥스럽다거나 그런 게 아니라 진심으로 싫은 것 같기에 가족 이야기는 꼭 필요할 때만 했죠."

"흐음. 그것참 극단적이네요. 따님들과 도대체 무슨 일이 있었을까요. 혹시 그 사정을 아시는 거 아닙니까?"

유키에의 어깨가 움찔했다.

대화를 나누다 보니 짚이는 바가 있었다. 성격이 불같던 렌시로가 유키에를 2년 동안 계속 고용한 까닭은 어쨌든 그녀와 마음이 잘 맞았기 때문이리라. 그렇다고 가정하면 집안 다툼을 유키에에게 말했을 가능성이 컸다.

역시 유키에는 바로 옆에 있는 거실을 신경 쓰는 듯 소리 죽여 말했다.

"말씀드리면 고인의 유지를 최대한 존중해 주시겠어요?"

"제가 하는 일이 바로 그런 겁니다."

"종교 때문이에요."

'종교'라는 말만 들어도 이후 전개를 쉽게 예상할 수 있었다.

"큰딸과 둘째 딸이 이상한 신흥 종교에 빠져서 렌시로 씨의 일을 천한 직업이니 돈에 미친 사람이니 지독하게 매도한 데다 금품을 멋대로 빼돌려 교단에 기부했어요. 그 후로 부녀 사이가 틀어질 대로 틀어졌죠."

"지즈코 씨와 리나 씨는 지금도 그 종교를 믿나요?"

"글쎄요. 교단에서 나왔다는 말은 못 들었고 렌시로 씨의 완고했던 태도를 보면 여전하지 않을까요?"

두 자매가 재산 분할에 목숨을 거는 이유가 이 때문이었나.

사이비 종교는 기부나 봉헌 금액이 많을수록 구원받는다며 사람들을 현혹한다. 지즈코와 리나가 여전히 문제의 종교를 믿는다면 1엔이라도 더 바치기 위해 유산을 많이 차지하려고 다투지 않을까.

"그래도 역시 부녀는 부녀네요. 아무리 사이가 멀어진 가족이라도 재산을 똑같이 나눠주다니요."

"마지막으로 한 가지 더 여쭤볼게요. 따님들과의 연락이 끊겨서 렌시로 씨가 서운해하지 않았습니까?"

"성격이 그렇다 보니 외로워하는 모습은 한순간도 보여주지 않았어요. 하기야 속을 들여다볼 수 없는 양반이었지만."

유키에의 대답을 들으면서 이오키베는 머리가 지끈거렸다.

상황이 너무나도 모순됐기 때문이다.

3

특수청소가 끝난 다음 날, 미조바타가 '엔드 클리너'에
연락했다.

—이오키베 씨, 지금 시간 괜찮으세요?

몹시 다급한 말투였다. 바쁘다며 거절해도 물고 늘어질
기세였다.

—지금 당장 저와 어딜 좀 가주셔야겠어요. 스와 지즈
코 씨가 집으로 불렀거든요. 유산 상속 관련해서 중대한
이야기가 있다느니 하면서.

심각한 표정을 짓고 있을 미조바타의 얼굴이 눈에 선했
다. 이왕 시작한 일 끝을 보겠다고 다짐했으니 알겠다는
대답 말고 다른 선택지는 없어 보였다.

—일단 저희 로펌으로 와 주세요. 만나서 같이 가죠.

미조바타의 말대로 로펌에 들렀다가 그녀의 차를 타고
스와 지즈코의 집으로 향했다.

"이제 서야 드는 생각인데 지즈코 씨는 데릴사위를 들

였다면서 다른 집에서 사는군요. 대개 데릴사위와 결혼하면 부모와 함께 살지 않습니까."

"쫓겨났어요."

미조바타가 통쾌하다는 듯 말했다.

"지즈코 씨나 그 남편이 렌시로 씨의 분노를 사서 저택에서 쫓겨난 모양이에요. 이유는 지즈코 씨 본인이 말 안하려고 하지만."

고문 변호사에게는 말해도 괜찮겠지 싶어서 이오키베는 유키에게 들은 사정을 설명했다.

"무려 종교적인 이유 때문이었다고요? 하긴 자기가 번 돈을 멋대로 갖다 바치면, 심지어 그곳이 사이비 종교 단체라면 렌시로 씨가 분노할 만도 하네요. 아, 그런 거였구나. 그래서 지즈코 씨와 리나 씨가 유독 유산에 집착했군요."

"그 종교단체에 대해 좀 알아봤습니다. 신자들을 세뇌하고 빚더미에 앉히면서까지 돈을 쥐어 짜내는, 흔히 있는 사이비 종교더군요."

대충 인터넷만 검색해도 뒤숭숭한 소문이 잔뜩 나왔다. 신자들의 가족은 모두 불행해졌고 자살하거나 일가족이 뿔뿔이 흩어진 경우도 부지기수였다. 아무리 훌륭한 교리를 내세워도 사람을 불행에 빠뜨리는 것은 종교가 아니라고 생각했다. 그렇다면 무엇인고 하니 가장 먼저 떠오르는 것은 사기였다.

"딸이 둘이나 세뇌당하면 보통은 빼내려고 할 텐데……. 아니, 렌시로 씨 성격이면 안 그랬겠네요. '상식이 통하지 않는 놈은 꼴도 보기 싫다'라고 공공연하게 말하던 분이니까요."

"그래도 친딸이잖아요."

"그러니 더 그런 거예요. 자신의 피를 이은 딸이 쉽게 세뇌당하는 인간이라는 사실을 인정하고 싶지 않았겠죠."

딸은 종교로 도망쳤고 아버지는 현실에서 도망쳤다. 따지고 보면 비슷한 부류 아닌가.

쉽게 세뇌당한 큰딸이 사는 집은 지은 지 30년은 지난 듯한 목조 분양 주택이었다. 렌시로가 살던 저택과는 비교할 수도 없었다.

지즈코는 집에서 홀로 기다리고 있었다. 거실로 안내받아 복도를 걸어가는데 다른 방에 낯선 제단이 있는 모습이 언뜻 시야에 들어왔다. 역시 유키에의 이야기가 사실이었던 모양이다.

"어제는 추태를 부려 죄송합니다."

지즈코는 미조바타를 향해 고개를 살짝 숙였다. 이오키

베는 곁다리라고 생각하는 것 같았다.

"오늘은 보여드리고 싶은 것이 있어 변호사님을 모셨습니다."

"유산 상속에 관한 이야기라고 말씀하셨죠."

"유언장 내용을 발표하셨을 때 그저 너무 당황스럽고 부끄러웠어요. 하지만 제가 당황할 만한 충분한 이유가 있어요."

"그 이유를 들어 보죠."

"이거예요."

지즈코가 내민 것은 편지 한 통이었는데 봉투에 '유언장'이라고 적혀 있었다.

이오키베와 미조바타는 서로의 얼굴을 쳐다봤다.

"내용을 봐도 될까요?"

"네. 그러라고 모셨으니까요."

미조바타가 편지를 펼쳤고 이오키베는 옆에서 들여다봤다.

> 유언장
> 나 스와 렌시로는 다음과 같이 유언한다.
> 하나, 내가 소유한 부동산 및 유가증권은 모두 적정가로 매각

하여 그 3분의 2를 장녀 스와 지즈코에게, 나머지 3분의 1을 차녀 이리야마 리나와 막내 오카다 사키에게 나누어 준다.

둘, 저택 내 귀금속 및 집기는 적정가로 현금화하여 역시 상기와 같은 비율로 세 딸에게 나누어 준다.

셋, 스와 렌시로 명의의 예금도 그 3분의 2를 장녀 스와 지즈코에게, 차녀 이리야마 리나와 막내 오카다 사키에게 6분의 1씩 나누어 준다.

2022년 8월 5일

스와 렌시로

유언장을 다 읽은 미조바타는 한동안 유언장 끝부분을 응시했다.

"저희 집에 우편으로 배달됐어요. 보낸 사람은 아버지였고요."

"왜 이 유언장의 존재를 숨기셨습니까?"

"집에 이 유언장이 온 지 한참 후에야 변호사님이 유언장을 공표했으니까요. 유언장은 가장 마지막에 작성된 것이 우선된다고 들어서 초조했죠. 그런데 집에 돌아와서 날짜를 확인하니 이 유언장이 더 나중에 작성된 것이더라고요. 그래서 안심했어요. 오늘 변호사님을 모신 이유는 이 유언장에 효력이 있는지 확인해 주셨으면 해서예요."

금고에 있던 유언장 날짜는 8월 2일이었고 지즈코가 보관하던 유언장은 8월 5일. 지즈코의 말대로 후자가 더 나중에 작성된 유언장이므로 미조바타가 발표한 유언장은 자동으로 무효가 된다.

과연, 이런 내용이었다면 유언장을 발표하는 자리에서 지즈코가 악을 쓴 이유도 이해가 갔다. 그녀가 받을 재산이 곱절이나 차이 나기 때문이다.

피상속인은 본인의 뜻대로 유산을 나눠 줄 수 있지만 여러 상속인 중 한 명에게만 모든 유산을 남기면 나머지 유족들의 생활을 보장할 수 없다. 그래서 피상속인의 재량에 일정한 제약을 법으로 정하고 있다. 이것이 바로 유류분 제도였다.

자녀만 상속인일 경우 유류분은 본래 법정상속분의 2분의 1로 정해져 있다. 계산하면 스와 가문의 상속인은 세 딸이고 법정상속분은 각각 3분의 1, 유류분은 그 절반인 6분의 1이다. 지즈코에게 3분의 2, 리나와 사키에게 6분의 1씩 남긴다는 비율은 유류분 제도에서 정한 조건을 충족한다.

그런데 마음에 걸리는 점도 있었다. 서명란에 찍힌 것

은 아무래도 막도장 같았다.

"변호사님. 인감 날인이 아니네요."

"네. 하지만 반드시 인감도장으로 날인해야 한다는 규정은 없습니다. 인감이 관리하거나 증명하기 편해서 선호할 뿐이죠."

"아버지는 분명 그 유언장을 작성하고서 후회했을 거예요."

어제 몹시 당황하던 모습이 마치 거짓말 같았다. 오늘은 여유작작해 보였다.

"처음에는 세 딸에게 공평하게 나눠 줘야 한다고 생각해 유언장을 작성해서 금고에 넣어 비밀 공간에 숨기고 침대를 옮겼겠죠. 그런데 사흘이 지나서 당신이 잘못 판단했다는 걸 깨달은 거예요. 역시 큰딸과 나머지 딸들은 차이를 둬야 한다고 생각했죠. 하지만 먼저 작성한 유언장을 다시 꺼내 고치는 건 손이 많이 가죠. 그래서 급하게 진짜 유언장을 작성해 우리 집으로 보냈을 거예요."

"확실히 말이 되는 추론이네요. 그 침대가 매우 크긴 하죠. 하지만 지즈코 씨, 역시 그 자리에서 이 유언장의 존재를 공개했다면 다툴 일도 없었을 겁니다."

"그건 죄송해요. 하지만 세 명에게 균등하게 분할한다

는 구절을 들었을 때 아버지라면 그럴 수도 있겠다는 생각이 들어서. 뭐랄까, 저기, 평범한 부녀관계가 아니었거든요."

"사이가 왜 안 좋으셨습니까?"

미조바타로서는 당사자에게 직접 속사정을 들을 생각으로 유도했을 것이다. 하지만 지즈코는 진실을 솔직하게 털어놓을 사람이 아니었다.

"어느 집안이나 문제가 있잖아요. 지금 그런 사적인 이야기를 해봤자 무슨 소용이겠어요. 다만 아주 오래전에 단추를 잘못 끼우는 바람에 그 뒤로 계속 삐걱댔어요."

"그러세요?"

"사이가 심하게 틀어진 것도 아니라 아버지도 곧 생각을 고치셨죠. 이 유언장이 무엇보다 적절한 증거예요. 그러니까 이 유언장은 아버지가 내게 보내는 화해의 증표이기도 해요."

가만히 듣고 있자니 지나치게 그럴듯해서 하품이 나올 뻔했다.

미조바타와 유키에에게 들은 정보로 유추하면 스와 렌시로는 사이비 종교에 빠져 멋대로 재산을 빼돌리는 딸을 쉽게 용서할 만한 사람이 아니었다. 데릴사위까지 들인

큰딸을 내쫓은 것은 금품 빼돌리는 행위를 더는 두고 보지 않겠다는 의도였으리라.

모순도 있었다. 사이비 종교에 세뇌돼 무단으로 금품을 빼돌린 사람은 둘째 딸 리나도 마찬가지였다. 그런데 왜 지즈코에게는 3분의 2, 리나에게는 6분의 1을 상속한다는 말인가.

"정말이지 많은 일이 있었어요."

마치 의심하는 이오키베를 속이려는 말투처럼 들렸다.

"어머니가 돌아가시고 나서 아버지는 완전히 다른 사람이 되셨어요. 마음에 여유가 없어졌다고나 할까, 뭐든지 상식으로만 따지고. 세상일이란 게 다 상식대로만 움직이지는 않잖아요. 삼라만상 모든 이치는 우리 위에 있는 존재의 뜻대로 움직이는 거랍니다. 그 고귀한 뜻에 비하면 이론이니 상식이니 하는 건 먼지 같은 것이죠."

노래하듯 말하는 지즈코 앞에서 미조바타와 이오키베는 다시 시선을 마주쳤다.

답이 없다.

"아내를 잃으면 전과는 다를 수밖에 없죠. 특히 남자들은."

미조바타는 화제를 원래대로 되돌리려고 애썼지만 상

대는 전혀 개의치 않는 눈치였다.

"믿음이 부족해서 그래요. 매일 위대한 존재의 말씀을 들으면 망설일 일도 실의에 빠질 일도 없죠. 아버지는 일평생 어마어마한 부를 이뤘을지 몰라도 그건 땀 흘려 번 돈이 아니라 요컨대 불로소득이죠. 그런 돈은 제대로 쓸 줄 아는 사람에게 주는 것이 가장 좋아요."

계속 이야기해 봤자 겉돌 뿐이다.

이오키베가 참다 지쳤을 때 미조바타가 자리를 정리했다.

"이 유언장은 제가 보관하겠습니다. 괜찮으시죠?"

"네. 바라는 바예요. 이 유언장의 정당성을 동생들에게 간곡히 설명해 주세요."

"이오키베 씨는 어떻게 생각하세요?"

차를 타고 돌아가는 길에 미조바타가 곤혹스러운 얼굴로 물었다.

"어떻긴요. 설명한다고 해서 들었지만 오히려 모순만 늘었잖습니까."

"저도 그렇게 생각해요. 렌시로 씨의 뜻 같지 않네요."

"이 일을 경찰에 알릴 겁니까"

"알릴 수밖에 없지 않겠습니까. 말 안 하면 수사가 점점 혼란스러워질 게 뻔한데요."

"조금만 기다려 주시면 안 될까요?"

이오키베의 부탁에 미조바타는 의아한 표정을 지었다.

"현재 유언장이 두 개 존재하죠. 자꾸 유언장에 적힌 날짜만으로 효력 여부를 따지는데 저는 그 점이 도무지 이해가 안 가네요."

"하지만 지즈코 씨가 공개한 유언장도 성립요건을 충족하는걸요."

"아무튼 가짜를 만드는 것이라면 의외로 간단해요."

미조바타와 논의해서 새 유언장의 존재를 경찰에 알리는 것은 다음 날까지 보류하기도 했다. 결과적으로 옳은 결정이었다.

몇 시간 후 사태가 또 다른 방향으로 흘러갔기 때문이다.

지즈코의 집에 다녀온 뒤 다른 의뢰 때문에 특수청소를 하던 중 이오키베의 휴대폰으로 전화가 왔다.

— 이오키베 씨, 지금 통화 가능하세요?

"또 무슨 일이죠?"

— 방금 둘째 딸 이리야마 리나 씨의 연락을 받았습니다. 지금 당장 집으로 와줬으면 좋겠다고요. 유산 상속 관

런해서 중요하게 할 이야기가 있다더군요.

"또요?"

—거듭 시간을 빼앗아 죄송합니다.

이왕 시작한 일, 끝을 보자고 다짐했다. 책임을 져야겠지.

"로펌으로 찾아뵐까요?"

—무슨 말씀이세요. 지금 제가 모시러 가겠습니다.

30분 후 특수청소 현장에 도착한 미조바타와 함께 리나의 집으로 향했다.

"오랜만에 기시감이라는 걸 느끼네요."

"저도 그렇습니다."

"기시감은 뇌가 피곤해서 보이는 일종의 착각이라더군요. 그러고 보니 요즘 초과근무를 하긴 했어요."

"이오키베 씨, 이건 착각이 아니에요."

"자매끼리 뒤에서 말을 맞췄을까요? 그 자매는 당최 사이가 좋은 건지 나쁜 건지."

"이번에는 사이가 좋든 나쁘든 도움이 안 되네요."

이리야마 리나의 집은 언니의 집과 비슷하거나 더 빈약해 보였다. 벽에는 금이 여러 개 가 있었고 마당 구석에 방치된 전자레인지는 더욱 우울해 보였다. 게다가 인터폰이 아니라 소리만 나는 초인종이었다.

"변호사님, 어서 오세요. 어머나 특수청소업체 분도 함께 오셨네요."

"내키지 않으시면 저는 여기서 기다리겠습니다."

"아뇨. 증인은 많을수록 좋으니까요. 함께 들어오세요."

두 사람은 거실로 보이는 방으로 안내받았다. 방을 둘러봤지만 손님의 눈길을 끌 만한 물건은 하나도 없었다. 하나같이 백엔숍 상품이나 재활용품으로 보였다. 스와 가문의 둘째 딸이니 그에 어울리는 살림살이를 갖추고 살 법했지만 현실이 이토록 초라한 이유는 본인이 열심히 교단에 기부한 탓이리라.

두 사람의 맞은편에 앉은 리나는 얼른 봉투를 내밀었다. 아니나 다를까 봉투에 '유언장'이라고 적혀 있었다.

"어서 내용을 확인해 주세요."

"그럼 보겠습니다."

언뜻 봐도 미조바타는 필사적으로 표정을 관리하는 모습이었다. 이오키베는 옆에서 유언장 내용을 들여다봤다.

유언장
나 스와 렌시로는 다음과 같이 유언한다.

하나, 내가 소유한 부동산 및 유가증권은 전부 적정가에 매각해 그 3분의 2를 차녀 이리야마 리나에게, 나머지 3분의 1을 장녀 스와 지즈코와 막내 오카다 사키에게 나누어 준다.

둘, 저택 내 귀금속 및 집기는 적정가로 현금화한 뒤 상기와 같은 비율로 세 자매에게 나누어 준다.

셋, 스와 렌시로 명의의 예금도 그 3분의 2를 차녀 이리야마 리나에게, 장녀 스와 지즈코와 막내 오카다 사키에게 6분의 1씩 나누어 준다.

2022년 8월 5일

스와 렌시로

내용을 다 읽은 미조바타는 곤혹스럽기도 하고 기가 막히기도 하다는 듯 한숨을 내쉬었다.

기가 막히기는 이오키베도 마찬가지였다. 리나가 내민 유언장은 오전에 지즈코가 보여준 내용과 같았고 다른 점이라고는 유산의 3분의 2를 받는 사람이 장녀냐 차녀냐 차이뿐이었다. 게다가 무슨 조홧속인지 작성된 날짜와 도장까지 똑같지 않은가.

"오봉*이 지나고 우편으로 받았어요. 보낸 사람은 아버지였죠."

우편을 받은 타이밍까지 똑같다니.

"이 유언장이 존재한다는 사실을 왜 숨겼습니까?"

"우리 집에 도착한 지 한참 후에 변호사님이 다른 유언장을 발표했으니까요. 너무 놀라서 이게 도대체 무슨 일인지 혼란스러웠어요. 하지만 인터넷으로 알아보니 날짜가 더 늦은 유언장이 유효하다는 걸 알았죠. 그래서 변호사님이 증인이 되어 주셨으면 좋겠어요."

"이 사실을 다른 자매에게는 말하지 않았습니까?"

"말 안 했어요. 두 사람이 들으면 분명 기분 나쁠 거 아니에요."

일단 상대의 기분을 헤아릴 만한 여유는 있다는 뜻인가.

"내용을 보니 리나 씨의 몫이 다른 두 분의 네 배가 되네요. 렌시로 씨가 왜 이런 비율로 유산을 나눴는지 짐작 가시는 바가 있습니까?"

"짐작이고 뭐고 이게 당연하다고 생각해요."

리나는 의기양양하게 말했다.

"예전에 지즈코 언니 부부는 아버지와 함께 살았거든요. 하지만 어떤 일 때문에 아버지의 노여움을 사서 부부

★ 일본의 명절로 양력 8월 15일.

가 다 쫓겨나고 말았어요. 그런 과거 때문에 언니는 아버지가 기억하고 싶지 않은 존재예요."

이오키베는 진저리가 났다. 멋대로 금품을 빼돌려 사이비 교단에 기부한 것은 리나도 마찬가지 아닌가. 그런데 태연히 남의 일처럼 말할 수 있는 뻔뻔함에 감탄했다.

"그렇군요. 그럼 렌시로 씨가 막내 사키 씨를 지즈코 씨와 똑같이 대우한 이유는 무엇입니까?"

"사키도 마찬가지로 아버지의 미움을 샀거든요."

이오키베는 다소 뜻밖이었다. 사키의 말을 뒤집는 증언이 나오다니.

"괜찮으시다면 어떻게 된 일인지 알려주시겠습니까?"

"일이랄 것도 없어요, 그냥 서로 안 맞았어요. 그것도 철저히."

리나는 어쩐지 즐거워 보였다.

"사키는 옛날부터 엄마만 따라서 아버지와 안 친했죠. 학교도 직장도 아버지가 질색할 곳만 골랐어요. 꼭 아버지를 약 올리려는 것처럼. 엄마는 사키가 스무 살 때 자궁근종으로 돌아가셨는데 사키는 엄마의 병도 아버지 탓이라고 생각했죠. 아버지 성격이 그 모양이라 못살게 굴어서 엄마가 그렇게 된 거라고. 그러니 엄마가 돌아가신 후에는 둘 사이가 더 험악해졌어요."

"실제로도 그랬습니까?"

"그냥 혼자 그렇게 생각하는 거예요. 엄마는 믿음이 얕은 사람이라 신의 가호를 받지 못한 거 아닐까, 저는 그렇게 생각해요."

리나 역시 언니와 마찬가지로 이상한 종교에 현혹된 상태였다. 신앙심이 얼마나 깊으냐에 따라 수명이 결정된다면 승려나 신관은 모두 장수해야 옳을 것이다.

"사키가 극단적인 성격이기는 하지만 애초에 아버지도 가족을 따뜻하게 품지 못하는 양반이었죠. 무슨 기회만 잡으면 맨날 우리를 혼내고 말꼬투리를 잡고, 당신 논리에 안 맞으면 한없이 깎아내렸다고요. 일 년 내내 욕먹으면 아무리 친아버지라도 싫어져요."

"그래도 리나 씨는 렌시로 씨에게 가장 사랑받았다는 말씀이군요."

"저도 알아요."

리나는 다시 의기양양하게 말했다.

"부모의 돈을 훔친 언니와 틈만 나면 반항하던 동생. 내가 아버지와 사이가 좋았던 딸은 아니지만 소거법으로 생각하면 나 하나 남네요."

"제가 이 유언장을 보관해도 될까요?"

"물론이죠. 그러시라고 일부러 모셨으니까."

이리야마 리나의 집을 나온 뒤 미조바타는 운전대를 잡으며 요란하게 한숨을 토해냈다.

"도대체 이게 어떻게 돌아가는 일인지 모르겠습니다. 새 유언장이 나온 순간 분쟁이 일겠다고 각오했는데 또 다른 유언장이 나타나다니. 렌시로 씨가 죽은 정황도 그렇고 스와 가문은 저주받은 것 아닐까요."

"그 집안이 저주받았다는 해석에 저도 한 표 던지겠습니다. 하긴 어느 집안이든 저주는 있죠."

"그런가요. 돈이 풍족해도 화목한 가족도 있지 않습니까."

"부모가 자식에 거는 기대도 일종의 저주예요. 변호사님은 그런 경험 없으십니까?"

미조바타는 순간 침묵했다. 생각해 보니 그런 기억이 있을지 몰랐다.

"이오키베 씨, 시간을 조금 더 내주실 수 있나요?"

"어디 들르시게요?"

"상황이 이렇게 됐으니 셋째 딸 오카다 사키 씨 집에도 찾아가 볼까 싶어서요."

"아, 사키 씨도 유언장을 받았을 것이라 예상하시는군요."

"연락을 기다리는 것보다 먼저 찾아가는 편이 효율적일 테니까요."

"좋습니다."

오카다 사키의 집은 언니들의 집과 달리 깔끔한 맨션이었다. 가는 길에 미조바타가 연락했기 때문에 두 사람은 순조롭게 사키의 집에 들어갈 수 있었다.

"갑자기 찾아봬서 죄송합니다."

"괜찮아요. 마침 남편도 일을 보러 나가서. 유산 때문에 오셨나요?"

거실로 안내받은 미조바타와 이오키베는 사키와 마주 보고 앉았다. 방이 네 개 딸린 약 80제곱미터짜리 집. 부부가 살기에 충분한 크기였고 살림살이도 세련된 물건들이었다. 겉으로 보기에는 적어도 언니들보다 생활 수준이 높아 보였다.

"단도직입으로 여쭙겠습니다. 혹시 렌시로 씨가 보낸 유언장을 받으셨습니까?"

확실히 거두절미한 질문이었다. 조금 더 상대의 기색을 살펴도 괜찮을 텐데, 미조바타는 본인의 성격대로 시원시원하게 물었다.

질문을 받은 사키는 순간 어리둥절한 표정을 지었지만

이내 상황을 파악한 모습이었다.

"아, 그렇구나. 언니들이 변호사님이 발표한 것과 다른 유언장을 받은 모양이군요."

눈치가 빠르구나. 이오키베는 감탄했다.

"뭐, 상황이 그렇게 됐습니다."

"변호사님이 발표한 유언장은 효력이 사라지나요?"

"그건 아직 조사 중이라서요. 그래서, 사키 씨도 유언장을 받으셨나요?"

"아뇨. 저는 못 받았어요."

단번에 부정하는 대답에 미조바타는 한숨 놓은 눈치였다.

"다행이네요. 네 번째 유언장이 나오면 수습이 어렵거든요."

지금도 수습이 안 되는 상황이지만 굳이 지적하지 않았다.

"언니들이 받았다는 유언장은 어떤 내용인가요?"

"죄송합니다. 그건 아직 답변하기 어렵군요."

"하지만 저도 상속인인데요."

"세 유언장 중 어떤 것이 유효할지 아직 불명확합니다."

"그러니까 세 유언장 모두 내용이 다르다는 말씀이네요."

미조바타는 아차 하는 표정을 지었다. 자신도 모르게 흘리고 말았다. 이오키베가 보기에 사키가 한 수 위였다.

"더 이상 묻지 않을게요. 유언 집행은 변호사님의 일이니까요. 제가 참견할 일은 아니네요."

"그렇게 말씀하시니 감사합니다."

이오키베가 타이밍을 엿보다가 끼어들었다.

"사키 씨, 하나 여쭤도 될까요?"

"말씀하세요."

"저와 처음 만난 날 사키 씨는 '막내라서 아버지가 무척 예뻐하셨다'라고 하셨죠."

"네, 분명 그렇게 말했죠. 아아, 그랬겠네요."

하나를 보고 열을 아는 사람답게 사키는 되묻지 않고도 이오키베의 의심을 알아차린 듯했다.

"어차피 언니들이 미주알고주알 떠들었겠죠. 하지만 그 두 사람은 아버지에게 미움받았으니 반쯤 한 귀로 듣고 한 귀로 흘리는 편이 좋아요."

"언니들이 거짓말을 했다는 말씀입니까?"

"거짓말이라기보다 뭐라고 했을지 짐작이 가서요. 저와 아버지가 서로 안 맞았다는 식으로 말했겠죠. 부녀 사이가 어떻게 모녀 사이와 같겠어요. 하지만 말로 표현하지 않아도 아버지와 저 사이에는 신뢰가 있었어요. 저는 아버지가 싫어하실 만한 학교와 직장을 선택했지만 그래도 등록금은 내주셨거든요."

사키는 천진하게 웃었다. 이 모습을 순수하다고 봐야할지 막내 특유의 구김살 없는 성격이라고 봐야 할지는 의견이 나뉠 것이다.

"아무튼 서둘러 조사하겠습니다. 유언 집행은 조금 더기다려 주세요."

미조바타의 말을 끝으로 자리가 정리됐다. 다만 미조바타는 혼란의 극치인 듯 돌아오는 차에서 우는소리를 했다.

"돈이 걸린 문제니 다들 점잖은 척하며 속내를 숨기네요."

"그야 당연하죠. 누구든 돈을 빌리러 갈 때는 가진 옷중 가장 좋은 옷을 입고 간다고 하지 않습니까."

"세 개 중 효력이 있는 유언장은 하나뿐이에요. 필적은모두 비슷하고요. 도대체 어떤 유언장을 인정해야 할지고민이네요."

"필적이 비슷하다고 다 진짜는 아니죠."

"위조라는 말씀인가요?"

"추측만으로 왈가왈부해 봤자 끝이 안 나요. 차라리 필적 감정을 의뢰하는 건 어떻습니까?"

"미도리카와 형사님을 통해 경찰에 감정을 부탁드려 볼까요?"

"그런데 수사는 진행되고 있나요?"

"글쎄요, 이제 하루 지났으니까요. 형사님에게는 아무 소식도 못 들었습니다. 영 못 미더워서 제가 직접 알아볼 정도예요."

"오호. 무엇을 알아보셨는데요?"

"렌시로 씨의 병세요. 자택에서 요양해도 한 달에 한 번은 검사받았는데 주치의가 렌시로 씨에게 경고했다고 해요. 아시겠지만 협심증은 관상동맥이 좁아지거나 막혀서 심장에 피가 공급되지 않는 병이죠. 그런데 렌시로 씨는 최근 관상동맥이 갑자기 가늘어져서 심근경색으로 악화될 우려가 있었다고 하더라고요."

"심근경색은 갑자기 발병하는 케이스가 많죠."

"네. 그래서 주치의는 조기 입원을 권했지만 렌시로 씨가 자택 요양을 고집해 거절했다더군요."

"경찰도 당연히 그 사실은 파악했겠죠."

"과연 그럴까요? 그래서 렌시로 씨는 약을 한 시도 손에서 놓지 않았을 거예요."

"차라리 경찰 말고 사설 업체에 감정을 맡기는 건 어떻겠습니까. 다행히 제가 평판 좋은 감정인을 알거든요."

"상관은 없는데……. 이오키베 씨, 이게 지금 무슨 상황일까요?"

"간단합니다."

이오키베는 태연히 말했다.

"누군가 거짓말을 하고 있습니다. 아니면 누구와 누구가 거짓말을 하거나."

4

이틀 뒤, 관계자들이 렌시로의 저택에 다시 모였다.

거실에 모인 사람은 상속인인 세 자매와 가사도우미 가쓰라 유키에, 미조바타 변호사와 이오키베. 그리고 스와 가문 사람들은 처음 보는 남자가 한 명 있었다.

입을 연 사람은 역시 큰딸 지즈코였다.

"변호사님. 오늘 이렇게 자매가 다 모였는데 유언이 집행된다고 봐도 될까요?"

"네."

미조바타는 대답한 뒤 사람들을 둘러봤다.

"유언장 자체에 문제가 생겨 집행이 늦어진 점을 사과드립니다. 오늘은 그 문제를 해결하려고 모셨습니다."

"저와 언니가 새 유언장을 받았다는 이야기는 알아요."

리나가 지즈코에게 눈짓하며 말했다.

"전화로 언니와 확인했는데 날짜 말고는 분할 비율이 전혀 다르던데요."

"그러니까 둘 중 하나가 가짜라는 말이죠."

가는 말이 고와야 오는 말이 고운 법인데 지즈코의 어투는 호전적이었다.

"이 자리에서 저와 리나 중 누가 진짜 유언장을 받았는 지 판가름한다면 대찬성이에요."

"나야말로."

두 사람 사이에 일촉즉발의 분위기가 흐르는 가운데 아슬아슬한 순간에 미조바타가 사이에 끼어들었다.

"두 분께 여쭙겠습니다. 유언장은 일반우편으로 받으 셨죠?"

"네, 맞아요."

"가쓰시카 우체국 소인이 제대로 찍혀 있었어요."

"그건 저희도 확인했습니다. 게다가 모두 렌시로 씨 필적과 흡사해 도무지 아마추어의 눈으로는 판단할 수가 없 더군요."

미조바타는 옆에 앉아 있는 남자를 손짓하며 소개했다.

"소개가 늦었습니다. 이번에 유언장의 진위 감정을 의뢰한 '우지이에 감정 센터'의 우지이에 교타로 소장입니다."

"우지이에입니다."

스와 가문 사람들은 인사하는 우지이에에게 곱지 않은 시선을 던졌다. 우지이에가 그들의 실례를 전혀 개의치 않는 듯 보여서 다행이었다.

우지이에와는 어느 현장에서 알게 됐다. 이오키베는 특수청소, 우지이에는 현장에 남겨진 유류물을 채취하러 간 것이었다. 두 사람의 일은 겹치는 부분이 있어서 함께 작업했는데 기묘하게 마음이 잘 맞았다. 이후에 우지이에 감정 센터가 과학수사연구소보다 우수한 인재와 시설을 갖췄을지 모른다는 소문을 들었다.

"미조바타 변호사님이 감정을 의뢰한 유언장은 세 개인데 이중 변호사님이 발표한 것을 유언장 A, 스와 지즈코 씨가 받은 것을 유언장 B, 이리야마 마리나 씨가 받은 것을 유언장 C라고 부르겠습니다."

우지이에는 모두의 앞에 세 유언장을 늘어놓았다.

"필체 주인의 친필 자료를 바탕으로 감정했는데 이를 최소 세 점 준비했습니다. 감정 대상 문서와 같은 한자가 포함되어 있으면 이상적인데 다행히도 렌시로 씨는 미조바타 변호사님과 고문 계약을 맺을 때 '유언 집행'이라는 문장을 적었기 때문에 쉽게 비교할 수 있었습니다."

다음으로 보여준 것은 '遺유'자 세 개를 확대한 사본이었다.

"제가 감정할 때 주목한 점은 기필부, 종필부, 획의 곡선성에 나타난 특징이었습니다. 획을 마무리하는 방식이나 삐침은 쓴 사람의 특징이 잘 드러나는 만큼 타인이 모방하기 쉽습니다. 하지만 기필부나 종필부는 무의식적으로 쓰는 경우가 많기 때문에 흉내내기 어렵죠."

실물을 보니 우지이에의 설명이 금세 이해 갔다. 확대된 '遺'자는 매우 비슷했지만 기필부와 종필부 형태가 전혀 달랐다.

"물론 '遺'뿐만이 아니라 다른 한자들도 같은 방식으로 대조했습니다. 그리고 하나 더. 필적을 솜씨 좋게 흉내낼 수 있어도 필순까지 따라하기란 어렵습니다. 예시로 이 글자를 보시죠."

다음으로 보여준 글자는 '귀금속貴金属'의 '속属'자를 확대한 사진이었다. 가로세로 20센티미터까지 확대하고 전방에서 조명을 비추니 잉크의 농담까지 육안으로 확인할 수 있었다.

"원래 '属'은 필순을 틀리기 쉬운 한자 중 하나인데 유언장 A가 세 번째로 쓴 'J'획을 유언장 B와 C는 첫 번째로 썼습니다. 나이가 들면 필체가 지저분해지고 글씨도 흐트러지지만 한번 익힌 필순은 변하지 않습니다."

우지이에가 고개를 들며 말했다.

"결론을 말씀드리겠습니다. 유언장 A가 스와 렌시로 씨의 친필이며 유언장 B와 C는 다른 사람이 작성한 것으로 추정됩니다."

"말도 안 돼!"

지즈코와 리나가 동시에 소리쳤다. 하지만 그 비통한 목소리는 우지이에의 설명이 합리적이라는 사실을 인정하는 것이나 마찬가지였다.

이런 반응이 익숙한지 우지이에는 눈 하나 깜짝하지 않았다.

"이건 어디까지나 감정이기 때문에 진위 판정이 아니라 확률을 말씀드린 겁니다. 유언장 A는 확률이 백 퍼센트에 한없이 가깝고 B와 C는 10퍼센트 이하라는 수치가 나왔을 뿐입니다."

"지금 우지이에 씨가 설명한 대로 감정은 확률 문제입니다."

미조바타가 뒤를 이어 입을 열었다.

"하지만 한없이 백 퍼센트에 가까운 확률과 10퍼센트 이하 중 무엇을 믿을 것인가 하면 대답은 당연하죠. 유언 집행을 맡은 사람으로서 유언장 A, 즉 최초 공개한 유언 장을 렌시로 씨의 친필 유언장으로 인정할 수밖에 없습니 다. 그리고 유언장 B와 C 말입니다만."

미조바타는 지즈코와 리나를 싸늘한 시선으로 쳐다봤다.

"유언장 B는 지즈코 씨에게, 유언장 C는 리나 씨에게 과분한 재산을 상속하도록 수정되어 있었습니다."

"설마 우리가 유언장을 위조했다는 말이에요?"

"트집도 정도껏 잡아야지. 가쓰시카 우체국 소인이 찍 혀 있었다고 아까 말했잖아요."

"소인은 가쓰시카 우체국 우체통에 우편물을 넣기만 하 면 해결됩니다. 애초에 누가 다른 사람에게 이익이 될 유 언장을 위조하려고 할까요? 스와 가문 고문 변호사로서 안타깝게도 두 분을 의심할 수밖에 없습니다."

"그게 무슨 소리예요."

"내가 좀 굽히고 들어갔더니 기고만장해서는!"

지즈코와 리나의 항의에도 미조바타는 조금도 기가 죽 지 않았다.

"굽히기 싫으면 법정으로 가시는 건 어떻습니까."

상당히 험악한 분위기가 감돌았다. 막내 사키는 마치 남의 일을 보는 양 차가운 눈빛으로 세 사람의 설전을 지켜봤다. 더 오래 있어 봤자 추악한 꼴만 볼 테니 이오키베는 우지이에와 유키에를 데리고 다른 방으로 피신했다.

"자, 나머지는 미조바타 변호사님과 상속인들에게 맡기죠."

이오키베는 두 사람을 침실로 이끌었다. 특수청소를 하면서 냄새와 침대를 빈틈없이 없애서 방에 남아 있던 죽음의 냄새는 사라졌다. 거실과도 떨어져 있으니 미조바타와 자매들이 다투는 소리는 닿지 않았다.

"렌시로 씨가 여기서 주무시던 분위기는 사라졌네요."

유키에가 감회가 깊은 모습으로 말했다.

"제가 이 집을 위해 할 일도 없어졌어요."

"유키에 씨, 앞으로 어쩌실 계획입니까? 3천만 엔이라는 큰돈을 받을 텐데. 인생 계획이 크게 바뀌는 것 아닙니까?"

"가사도우미 소개 사무소에는 퇴직 의사를 밝혔어요."

"역시."

"집안일이나 간호는 여전히 할 수 있지만 일단 천천히 생각해 보고 싶네요."

"그게 좋겠군요. 렌시로 씨도 분명 그러길 바라서 그런 유언장을 썼을 테니까."

"지즈코 씨와 리나 씨는 어떻게 되나요?"

"최악에는 상속인 자격을 잃겠죠. 민법에 상속 결격 제도가 있어서 상속 질서를 어지럽히는 부정한 행위를 한 상속인의 상속권을 법적으로 박탈할 수 있거든요. '상속에 관한 피상속인의 유언장을 위조, 변조, 파기, 또는 은닉하는 행위'도 부정한 행위에 해당해요."

"지즈코 씨와 리나 씨가 상속권을 박탈당하면 유산은 어떻게 되나요?"

"남은 상속인인 오카다 사키 씨가 모두 물려받게 될 겁니다. 상속 결격은 상속권 또는 상속분 부존재 확인 소송 등 재판에서 판결 나는데 상황이 두 사람에게 너무 불리하죠. 아마 소송을 제기하기 전에 사키 씨가 미조바타 변호사님을 통해 화해안을 제시하지 않을까요. 그러면 지즈코 씨와 리나 씨가 화해금으로 수백만 엔 정도 받는 선에서 마무리되겠죠. 뭐 합의라는 게 그런 거니까. 분명 렌시로 씨도 당신도 그리 예상하지 않았습니까."

그 순간 유키에의 안색이 변했다.

"그게 무슨 소리죠?"

"거참, 렌시로 씨와 당신의 계획대로 됐다는 말입니다."

"농담이 심하시네요. 그럼 누가 유언장을 위조했다는 말이에요?"

"렌시로 씨 본인이 자신의 필체를 흉내 냈다고 생각하기는 어렵습니다. 아무리 그래도 본인이니까. 역시 다른 사람이 흉내 내는 편이 낫죠. 그렇다면 늘 곁에 있는 사람에게 대필시키면 됩니다. 즉 유키에 씨 당신 말입니다."

"자꾸 그러시면 저도 더는 못 참아요. 증거라도 있어요?"

"유언장에는 미조바타 변호사와 지즈코 씨와 리나 씨의 지문만 묻어 있으니 물증은 없죠. 하지만 화내기 전에 우지이에 소장의 말을 들어 보지 않겠습니까. 그 자리에서 못다 한 이야기가 있는 듯한데."

이오키베의 뒤를 이어 우지이에가 입을 열었다.

"미조바타 변호사님의 허락을 받아 렌시로 씨의 컴퓨터도 조사했습니다. 투자가답게 벤처기업과 주목받는 신기술 정보를 광범위하게 수집하셨더군요. 그 정보 중에 'My Text in Your Handwriting'이라는 것이 있었습니다. 무려 필적을 완벽하게 재현하는 프로그램이었죠."

우지이에가 설명하자 유키에의 얼굴이 순식간에 굳었다.

"UCL(유니버시티 칼리지 런던)의 과학자들이 개발했는데 필압, 글자 간격, 획 배치 등 요소를 재현해 알고리즘을 통해 손으로 직접 쓴 글씨체로 만들어 줍니다. 본격적으로 도입하면 아마추어의 손을 빌리는 위조보다 훨씬 친필 같은 문서를 만들 수 있을 거예요. 아마 과학수사연구소의 직원과 설비 정도로는 진위를 판단할 수 없을 겁니다. 개발자들은 기업과 협력할 생각인 것 같더군요. 렌시로 씨는 이 프로그램을 알았을 때 유언장 위조를 생각해 낸 것 아닐까 싶습니다. 즉 감정받으면 위조 사실을 들킬 수준의 유언장을 만들겠다고 계획했죠."

"도대체 왜 그런 쓸데없는 짓을 한단 말이에요."

"당연하지 않습니까. 자매들에게 보낸 유언장이 위조라는 사실을 일부러 발각되게 해서 두 사람의 상속권을 박탈하기 위해서요. 실제로 지금 상황이 그렇지 않습니까."

이오키베가 말을 이었다.

"검진받고 자신의 병세가 악화됐다는 사실을 안 렌시로 씨는 죽음을 각오했을 겁니다. 그런데 유산은 되도록 사키 씨에게만 물려주고 싶었죠. 그러나 상속법에 유류분 제도가 있으니 첫째 딸과 둘째 딸에게도 최소 육 분의 일씩은 물려줘야 합니다. 하지만 설령 물려준다고 해도 그 두 사람이라면 어떻게 될지 뻔했죠. 미쳐 있는 사이비 종교에 탈탈 털릴 겁니다. 렌시로 씨는 절대 용납할 수 없었죠. 그래서 두 사람의 상속권을 아예 박탈해야겠다는 생각을 한 겁니다. 그래서 당신에게 부탁해 언뜻 보면 렌시로 씨의 필체와 같지만 감정 의뢰하면 위조 사실이 드러날 유언장을 작성해 두 자매의 집에 보냈습니다. 당신에게 남긴 삼천만 엔은 정성껏 보살핀 노고에 대한 사례기도 하지만 유언장 위조를 도운 수고비도 포함된 거 아닙니까?"

아무래도 진실인 듯했다. 유키에는 한마디도 반박하지 않았다.

"부검 결과에서도 수상한 흔적을 발견하지 못했습니다. 나는 렌시로 씨가 소극적 자살을 택했다고 생각합니다. 심근경색은 갑자기 발생하는 병입니다. 연명치료하며 침대에서 누운 채 죽어가고 싶지 않다. 여든 넘어서 가면 호상이지. 당신들의 말을 듣고 렌시로 씨의 성격을 유추하니 이렇게 생각할 인물이겠구나 짐작이 가더군요. 방법은 간단합니다. 항상 손이 닿는 곳에 두던 약을 조금만 멀리 두면 됩니다. 발작이 일어나 자동으로 팔을 뻗어도 약이 손에 닿지 않도록. 그리고 순간만 고통스러우면 끝입니다. 정말이지 떠나는 법을 아는 사람이로군요."

유키에는 잠시 고개를 숙이는가 싶더니 이내 무거운 이야기를 시작했다.

"렌시로 씨는 따님들에 대한 애정과는 별개로 자신이 피땀 흘려 번 돈을 사이비 종교에 빼앗기는 것을 정말로 싫어했어요. 그래서 내게 부탁했죠. 렌시로 씨의 필체는 흉내 내기 힘들었지만 옆에서 본인이 시범차 써주니 어떻게든 위조할 수 있었어요."

"말해 줘서 고맙네요."

이오키베는 유키에를 향해 웃었다. 자신의 의심이 증명되면 속이 후련해진다. 하지만 유키에의 마음에 쌓인 짐도 풀어 주지 않으면 의미가 없었다.

"미조바타 변호사님이나 경찰에 알릴 생각인가요?"

"그럴 마음 없습니다."

이오키베는 두 손을 과장되게 들어 보였다.

"우지이에 소장의 일은 진위 감정이고 내 일은 고인의 마음을 헤아려 유품을 정리하는 것이죠. 누군가를 고발하거나 잡는 것은 다른 사람의 일입니다. 내 말 맞지? 우지이에 소장."

"네, 맞습니다."

"유키에 씨도 렌시로 씨의 유지를 존중하고 싶다면 그러면 됩니다. 너도나도 형사 흉내 내는 건 기분 나빠 못 견디겠군요."

유키에는 안도의 한숨을 내쉬었다.

"저도 이제 그런 짓은 지긋지긋합니다."

"그치?"

이오키베와 우지이에는 현관까지 나가 유키에를 배웅했다. 유키에는 몇 번이나 머리 숙여 인사하더니 두 사람의 시야에서 사라졌다.

"자, 이오키베 씨. 이제 우리 둘만 남았어요. 더 하실 말씀 있지 않아요?"

"역시 우지이에 소장이야."

"이오키베 씨의 행동에는 하나하나 다 의미가 있죠."

"과대평가는 곤란한데."

"가사도우미에게 자백을 받아냈습니다. 남은 의문은 무엇이죠?"

"의문이라기보다 그냥 내 일방적인 추측이지. 소장도 봤잖아. 두 언니가 당황한 모습을 가만히 앉아 태연히 바라보던 오카다 사키를."

"네. 결국 유산을 전부 차지하게 됐는데 안색 하나 변하지 않았죠."

"그 사람, 아버지의 계획을 전부 알고 있지 않았을까 싶어. 그래서 언니들이 다른 유언장을 받았다는 사실을 알았을 때도 별로 당황하지 않았지. 아버지가 두 사람에게 땡전 한 푼 물려주지 않으려고 계획했으리라 짐작했을 테니. 그래서 언제 어디서나 태연할 수 있었어."

"이오키베 씨에게 '말로 표현하지 않아도 아버지와 저 사이에는 신뢰가 있었다'라고 말했다면서요."

"진상은 본인들만 알겠지. 우리가 개입할 수 있는 문제도 아니고."

"하긴 그렇군요."

"다만 지즈코 씨와 리나 씨 두 사람에게만 가짜 유언장을 보낸 점에서 렌시로 씨의 유지를 깨달을 수 있어. 유품 정리를 의뢰받은 사람으로서 그걸로 충분해. 소장은 어떻게 생각해?"

"저도 의뢰받은 일을 완수한 것만으로 충분합니다. 이 것 말고도 다른 일이 산더미 같이 쌓여 있기도 하고요."

"말이 통하네."

두 사람은 각자 차를 향해 걸어갔다.

죽음이라는 종착역에서
고인을 배웅하는 역무원들의 이야기

제가 지금보다 많이 어렸을 적에 '특수청소'의 존재를 처음 알았습니다. 당시만 해도 특수청소라는 용어는 매우 생소했고 아는 사람도 많지 않았죠. 우연히 특수청소라는 직업이 있다는 사실을 알았을 때야 비로소 사람이 떠난 흔적은 살아 있는 누군가가 정리해줘야 한다는 지극히 당연한 사실을 새삼 깨달았습니다. 그것이 어떤 죽음이든 말이죠. 그때의 기억이 떠오르네요.

당시는 고독사도 독거'노인'이 홀로 사망하는 것이라고 정의하던 시대였는데 이제 고독사는 더 이상 노인만의 죽음이 아닙니다. 최근에는 오히려 청년과 중장년층의 고독사도 증가했죠. 특히 코로나19라는 긴 터널을 지나며 고독사와 특수청소는 더 이상 생소한 먼 나라 이야기가 아닙니다. 이제 많은 사람이 특수청소의 존재를 안다는 것은 그만큼 우리 사회가 불행에 더 가까워졌다는 방증 같아 쓸쓸하고 마음이 아픕니다.

　나카야마 시치리는 사회상을 적절하게 반영한 작품으로 독자들의 마음을 울리는 작가입니다. 그런 그가 이번에는 특수청소를 소재로 한 휴먼 미스터리 『특수청소부』로 독자들과 만났습니다. 이오키베가 운영하는 특수청소업체 '엔드 클리너'의 직원들이 특수청소를 하면서 저마다 경험하고 느끼는 일들을 연작 단편 형식의 미스터리인 『특수청소부』를 통해 풀어냈습니다. 단편도 장편만큼이나 알차게 잘 쓰는 능력자 나카야마 시치리의 필력과 매력을 한껏 느낄 수 있는 작품이라고 생각합니다.

　저는 특히 세 번째 단편인 「절망과 희망」이 가장 인상 깊었습니다. 열사병에 걸려 외롭게 홀로 세상을 떠난 친구의 마지막 흔적을 지우고 유품을 정리하며 고인의 넋을 위로하는 시라이에게 무척 감정이입 했습니다.

　오래전, 친구를 갑자기 떠나보낸 저는 화장터에서 친구의 관을 보며 마지막 인사를 건넬 때 순간 왈칵 겁이 났습니다. 장례식장에서만 해도 괜찮은 줄 알았는데 관 위에 조화를 올려놓는 순간, 그제만 해도 웃으며 헤어졌던 친구가 이 관 속에 누워 있다는 사실이 갑자기 현실 같지 않아서 터져 나온 온갖 감정에 어찌할 바를 몰랐던 기억이 납니다. 그 짧은 순간에 느낀 감정이 너무나 강렬해서 아직도 잊지 못할 정도인데 친구가 떠난 자리를 치우고 유품을 정리하며 마지막 길을 직접 배웅한 시라이의 심정은 어땠을지 상상조차 할 수 없었습니다. 그래도 특수청소부다운 방식으로 고인의 넋을 달래고 명복을 빌어준 그의 모습에서 저 역시 치유를 받은 기분이었습니다.

『특수청소부』를 번역하면서 이런저런 기억이 떠올랐고 많은 생각이 들었습니다. 미스터리 소설은 그 특성상 수많은 죽음이 등장하지만『특수청소부』처럼 그 죽음을 통해 삶을 되돌아보게 한 작품은 드문 듯합니다. 그리고 번역을 마치고 옮긴이의 말을 쓰는 지금은 몇 달 전 친구와 나눴던 대화가 떠오릅니다.

"그건 남들에게 보이고 싶지 않으니 나중에 내가 죽으면 네가 처리해 줘."

저와 둘이 대화를 나누던 친구가 반쯤 농담조로 말했습니다.

"알겠어. 그런데 어차피 죽으면 다 끝인데 뭘 죽고 나서까지 남들 시선을 신경 써."

그때 저는 이렇게 대답했죠. 하지만 그 후 이 작품을 번역하면서 '어차피 죽으면 끝'이라는 그 말이 조금은 건방진 생각일 수도 있겠다고 깨달았습니다.

옮긴이의 말

물론 나 자신은 이승을 떠나면 끝이라는 생각은 여전합니다. 그러나 내가 세상을 떠난 후 그 흔적을 정리해 줄 사람에게, 또 가족과 친구들에게 어떤 사람으로 기억될지도 신중하게 고민해야겠다는 생각이 들었습니다. 그것이 바로 남겨진 내 사람들을 위한 배려 아닐까 하고요.

사람의 종착역은 죽음이라고 합니다. 그리고 이 종점에서 다시 배를 타고 강을 건너 망자의 세계로 향하죠. 특수청소부는 이 종착역에서 고인을 따뜻하게 배웅하는 역무원 아닐까 생각합니다.

특수한 죽음의 현장에서 고인의 존엄을 지키며 그들이 떠나간 흔적을 지우고 마지막 길을 배웅하는 특수청소부들이 있어 진심으로 다행입니다.

2024년 겨울
문지원

특수청부

1판 1쇄 발행 2024년 2월 14일
1판 4쇄 발행 2024년 11월 21일

지은이 나카야마 시치리 **옮긴이** 문지원

편집장 민현주 **디자인** 알음알음
제작·마케팅 송승욱 **총괄이사** 황인용 **발행인** 송호준
발행처 블루홀식스 **출판등록** 2016년 4월 5일 제 2016-000100호
주소 경기도 파주시 회동길 483-1 **전화** 031-955-9777 **팩스** 031-955-9779
이메일 blueholesix@naver.com

ISBN 979-11-93149-12-6 03830